illustration／SAE MOMOKI

LAPIS LABEL

眠れる数学教室の誘惑

Story by Teruna Takeuchi
竹内照菜

イラストレーション／桃季さえ

目次

※本作品の内容はすべてフィクションです。

眠れる卒業式の受難

その日は朝から快晴だった。どこまでも晴れ渡った青い空の下、満開の桜がピンク色に染《そ》まっている。シン、といつになく静まり返った広い講堂《こうどう》には感傷《かんしょう》めいた空気と密《ひそ》やかな緊張感だけが漂《ただよ》っていた。

「答辞――――――卒業生代表、桜大路環《さくらおおじたまき》」

ゆっくりと告《つ》げられたマイク越しの声に応《こた》えるように、講堂の中にはざわめきにも似たため息が広がっていく。

「はい」

よく通る澄《す》んだ声とともに立ち上がった卒業生代表の姿に、ざわめいていた会場内は再び厳《おごそ》かな静寂《せいじゃく》に包まれた。

「…………」

静まり返った会場を迷いのない堂々とした足取りで壇上《だんじょう》へ向かうのは学園のカリスマ、桜大路環だ。遠い場所から眺《なが》めるだけでも、環のその美しさが際立《きわだ》っていることは容易《ようい》に窺《うかが》える。長い手足とスラリとした長身は、誰もがため息を吐《つ》く完璧なものだ。染めているのではない、自然な明るい髪の色は差し込む日の光を受けて綺麗《きれい》な輝きを放っていた。

「今日は僕たち卒業生のためにお集まりいただき、ありがとうございます」

定例どおりの挨拶《あいさつ》は、僅《わず》かな澱《よど》みさえもなく環の唇を滑《すべ》り落ちていく。その静かな声の響きを、教師たちが並ぶ列の端で数学担当の梅園心梨《うめぞのしんり》は聴《き》いていた。

「僕たちがこの学園に入学してから、三年もの月日が流れました」

壇上から囁《ささや》きかける、環の声が胸に染《し》み入るように穏《おだ》やかに響く。それだけで、色んな想いが込み上げて、心梨は泣きたいような懐《なつ》かしさと切《せつ》なさを覚えて唇を小さく噛んだ。環と出会って、もう三年も経《た》ったのだと今さらのように感慨《かんがい》を抱《いだ》いたからだ。

「…………」

そうして思い出すのは、環と初めて会った日のことだ。三年前のあの日も、環は今日と同じ壇上で新入生代表の挨拶をしていた。落ち着き払って話す環とは裏腹に心梨は新任の教師として挨拶するために、講堂の脇で緊張に身を硬くしていたのを覚えている。

『今年から数学の担当をすることになった、梅園心梨です』

ガチガチになりながら、やっとの思いで新任の挨拶を終えた心梨へ、一番に挨拶をしてきた生徒が環だった。

『新入生代表の桜大路環です――よろしく、心梨先生？』

それが心梨にとって、生まれて初めて誰かから『先生』と呼ばれた瞬間だったからかもしれない。今でもその時のことは、酷《ひど》くよく覚えている。あの時の環は今よりも少しだけ幼い顔をして、けれど今と同じ悪戯《いたずら》っぽい瞳で微笑《ほほえ》みながら心梨へ手を差し出した。

今になって振り返れば、きっとあの時にはもう何かが始まっていたのだろう。

「三年前、入学した日のことを今でも昨日のことのように思い出します」

初めて心梨を先生と呼んだ生徒は、嫌になるくらい優秀で、けれども生意気で、心梨や教師陣を困らせてばかりいた。毎回のように授業中に揶揄《から》かってくる環に何度も怒って、そのくせ環が紡《つむ》ぎ出すエレガントな数式と完璧な解答に見惚《みと》れた。

そんな環に初めて好きだと言われたのは、数学の授業中だっただろうか。環はいつものように綺麗に微笑《わら》って、歌うような声で心梨に好きだと言った気がする。けれど心梨は、そんな環に授業妨害《ぼうがい》だと腹を立てて、揶揄かわれているのだとしか思えなかったから何度言われても本気にはしなかった。

去年の夏、数学準備室で環に初めて――キスされるまでは。

「…………振り返れば、本当に様々なことがあった三年間でした」

突然のキスと、唐突《とうとつ》な抱擁《ほうよう》に驚いている間もなく、環は心梨の自宅まで押し掛けてきて強引な同居生活を始めた。まるで心梨に考える隙《すき》を与えないようにと急いでいるような、脅迫《きょうはく》めいた環の押し掛け女房作戦は成功したのだろう。

同居から一年近くが過ぎた今、環は心梨にとって誰よりも大切な恋人になっていた。

「この学園で僕は多くの友と出会い、様々なものを学び、そして知りました」

ふと上げた視線に、いつの間にか壇上にいる環の視線が広い講堂の隅《すみ》っこにいた自分の姿を捕《と》らえていたことに心梨は気づく。

その瞳が、真っ直ぐに自分だけを見つめていたからだ。

「何よりも幸せだったのは、この学園で素晴らしい恩師に巡《めぐ》り逢《あ》えたことです」

そうして環は心梨の瞳を見つめたまま、先生のことだよ、なんて言うみたいに視線だけで小さく微笑んだ。

「真剣に授業に取り組み、心から数学を愛し、勉強することの喜びを教えてくれました」

数学、という単語に自分のことを言われているような錯覚《さっかく》を覚えてドキリとする。速くなる心臓の鼓動《こどう》を抑《おさ》えて見上げた先で、環は穏やかな笑みを浮かべて意味深な瞳で心梨を見つめているだけだ。

「生きることの素晴らしさを教えてくれた、尊敬する先生との出会いは僕の宝物です」

卒業式の答辞で自分のことなんて話すはずがないと思うのに、胸が騒いでドキドキしてしまうから環から視線が外《はず》せない。

そんな環を見つめたまま、胸の高鳴りを堪《こら》えるように心梨は小さく瞬《まばた》きをした。

「何よりも大切な、僕の宝物です」

囁くような声が優しくて、胸が痛くなるから朝から我慢《がまん》していたはずの涙が滲《にじ》んできてしまう。最後を飾《かざ》る環の勇姿《ゆうし》を綺麗に瞳へ映《うつ》せなくなることが悔《くや》しくて、それでも心梨は壇上から視線を外すことができなかった。

真剣な眼差《まなざ》しで答辞を述べる環を、一瞬たりとも見逃《みのが》したくないからだ。

「そんな楽しかった学園生活も、――今日でお別れです」

ほんの少し寂《さび》しげに響いた声に、あちこちから微《かす》かな啜《すす》り泣きの声が混じり始めて広い講堂は感傷めいた空気でいっぱいになっていく。

「……………、……っ」

ぐっと噛みしめた唇に、涙が滲んで真っ直ぐに環を見つめているのが難しくなってくる。

当たり前のように見慣れた、よく似合うグレーの制服を着た環を見つめるのも。

本当に今日で最後なのだと思ったら、――泣けてきた。

「僕は今日、この学園を去ります」

どこかセンチメンタルに響く環の言葉。ありきたりの締《し》めの台詞《せりふ》に、泣いてしまうのは心梨だけではない。学園へ残される下級生たちはもちろん、今日環と一緒に巣立って行く卒業生たちの涙腺《るいせん》は完全に壊《こわ》れてしまっていた。

「けれどこの学園で学んだことは、永遠に忘れません」

絶大な不人気を誇《ほこ》っていたはずの教師陣からも嗚咽《おえつ》を堪えるような密やかな声が漏《も》れてくるから、本当に桜大路環は不思議な生徒だと思う。学園創立以来の神童《しんどう》と呼ばれながら問題ばかり起こす環の扱いには教師の誰もが困っていたのに、巣立っていく今日になれば他の誰よりも惜《お》しい気持ちにさせるからだ。

「すべてが素晴らしい想い出となって、生涯《しょうがい》僕を支えてくれるでしょう」

ずっと心梨の中で生徒として存在《そんざい》していた環は、けれど今日からはもう教え子ではなくなってしまうことが心梨にセンチメンタルな気分を抱かせる。

「最後に、僕の愛する数学の公式を答辞の挨拶に代えたいと思います」

心梨より七つも歳下で、なのに可愛い奥さん気取りの男。

「…………ウェーバーの法則の指数関数のグラフは、永遠に上り続ける」

教え子のくせに、教師である心梨に一番大切なことを教えてくれた環は、たった一夏で秘密の恋人になっていた。

そして今日から二人は生徒でも先生でもなく、ただの恋人同士になるのだ。

「X軸《じく》とY軸を入れ替えるだけで、可能性《かのうせい》は無限大《むげんだい》になることを」

何かに躓《つまず》いた時には、ぜひ思い出してください。そう告げて、軽く一礼をする環の姿に心梨の胸は切なさで痛くなった。

あの環が、もう自分の生徒ではなくなるなんて、やけに寂しくなるからだ。

「…………っ」

それ以上我慢できなくて、湧《わ》き上がってきた涙に小さくしゃくりあげてしまう。

「小町、これで涙をお拭《ふ》きなさい」

そっと隣《となり》から差し出された友禅《ゆうぜん》染の手拭《てぬぐ》いに、心梨は思わず縋《すが》りついてしまった。

「す、すみません」

心梨が世話好きの可愛《かわい》い奥さんから持たされていたハンカチは、もうとっくの昔に涙でグシャグシャになっていたからだ。

「いいんですよ小町、あなたに悲しい涙は似合わない」

フッと微笑って髪を掻き上げる古典教師の深草《ふかくさ》には、卒業式の感傷もなければ胸に迫《せま》る感動さえもないらしい。

「小町の白露《しらつゆ》に私の袖《そで》をお貸ししたいところですが、舞台用の衣装《いしょう》なので…………残念だ」

古典を教えている深草は、心梨には理解できない謎《なぞ》の古典ワールドとでも呼ぶべき世界に生きている男だ。いわば自分だけの脳内平安京《のうないへいあんきょう》に生きている男なのである。

「ああ、また一句浮かんでしまった」

そんな深草先生の嬉《うれ》しそうな声に、眼鏡を外して涙を拭くことに一生懸命《いっしょうけんめい》になっていた心梨は気づくことができなかった。最後を数式で締め括《くく》るという心梨好みの答辞に、込み上げる感動と学園から環がいなくなる寂しさで涙が止まらないからだ。

「散り〜際に〜」

唐突に始まった和歌に、ハッとしたように心梨が顔を上げた瞬間。

「図々《ずうずう》しい和歌を勝手に詠《よ》まないで貰おうか」

その喜々とした和歌を忌々《いまいま》しげに遮《さえぎ》ったのは、いつの間にか壇上から降りていた卒業生代表の男だった。

「さっ、桜大路!?」

こんなところにいていいのか、と尋《き》くのは環が今日の主役だからだ。

「先生ったら、泣いても眼鏡だけは外しちゃダメだって約束したでしょう？」

ほんの少し責めるように言って手早く心梨へ眼鏡を掛けてしまう環は、完全に卒業式の場だということを無視している。

「こんな可愛い顔、先生は他のヤツに見せて平気なの？」

一生に一度しかない卒業式よりも心梨の素顔を守ることのほうが重要だと言いたげな環

に、心梨は血の気が上がったり下がったりしてしまう。

だって二人は、誰にも言えない秘密の恋人なはずだからだ。

「君こそ邪魔《じゃま》しないで貰おうか、これは小町に贈《おく》る恋歌だ」

ムッとしたように環へ文句を言う深草は、すでに書き終えていた和歌付きの短冊《たんざく》を手にご立腹《りっぷく》の様子だ。心梨へ愛の和歌を贈ることを、ことごとく邪魔《じゃま》し続けてきた憎い生徒が晴れの卒業式にまで現れたせいだろう。

「心梨先生、お腹が痛いから保健室へ連れて行ってください」

もう式には出られそうにないと、心梨にだけ弱々しい表情をして囁く環は策士《さくし》だ。

「風邪《かぜ》か!?」

そんな環に深草が何か言う前に、心梨はハッとしたように立ち上がってしまう。そんな生徒が、本当は可愛くてたまらない先生だからだ。

「風邪かな、なんだか身体《からだ》が怠《だる》くて……お熱もあるかもしれません」

急に甘ったれた声を出して、環は自分より華奢《きゃしゃ》な心梨の肩へ軽く凭《もた》れかかってくる。

「しゃべらなくていい、熱が上がったらどうするつもりだッ!?」

さっきまで泣いていたくせに、もう先生の顔をしてシャキっと立ち上がってしまう心梨は非常に騙《だま》されやすい人なのだろう。

「小町、あなたって人は…………」

畳《たた》んだ扇子《せんす》の先でこめかみを押さえた深草は、そんな心梨たちの様子に再び愛の和歌を思いついてしまったらしい。

「マイスイート小町、あなたは私の創作《そうさく》の源《みなもと》です」

また一句浮かんでしまったと嬉しそうに新しい短冊を取り出した深草の手から、素早く筆ペンを奪《うば》い取ったのは言うまでもなく奥さん気取りの男だ。

「深草先生、そろそろ踊りを披露《ひろう》する時間じゃないんですか？」

行かなくていいのかと唆《そそのか》す環は、心梨を独占《どくせん》するためならどんな些細《ささい》な情報も漏らさず頭にインプットしておける健気《けなげ》な男である。

「ハッ、もうそんな時間か！」

いけない、と立ち上がる深草はなぜか歌舞伎《かぶき》役者のような衣装を身に着けていた。

「ごきげんよう小町、また後ほど舞台の上からお会いしましょう！」

大慌てで去って行く深草の後ろ姿をポカンと見送る心梨は、何がどうなったのか上手《うま》く理解できていない。いつも深草と環は勝手に二人で話して勝手に理解しているからだ。

「さあ先生、早く保健室へ行きましょう？」

そうして強引に腕を掴《つか》んだ自称《じしょう》風邪気味の生徒に、心梨は連れ去られてしまった。

講堂の外は、暖かい春の日差しに照らされている。少し早く綻《ほころ》んだ桜の蕾《つぼみ》は、華《はな》やかなピンクで校庭を可憐《かれん》に彩《いろど》っていた。

強い風が吹けば、はらはらと花びらを零《こぼ》して散ってしまうのだろう。

「やっと二人きりになれたね」

そうして人生に一度しかない、大事な高校の卒業式を抜け出した卒業生代表と数学教師が向かったのは、保健室ではなく秘密の隠れ家のような数学準備室だった。

「ここのどこが保健室なんだよ!?」

この一年間、二人が秘密のデートを重《かさ》ねてきた、心梨の職場とも言うべき小部屋だ。

「ここでしか僕の病気は治らないんです」

どうやら環の腹痛や発熱は、お薬ではなく心梨のキスで治る種類の病気らしい。やっと抱きしめることができた心梨の感触《かんしょく》に、環はうっとりと微笑んでいる。

「………………一体どんな病気だよ、環のくせに」

もしかしたら卒業式に仮病《けびょう》を使ってしまう環よりも、そんな自称病気の生徒の腕の中にいる心梨のほうが重病なのかもしれない。

赤くなって憎まれ口を叩《たた》きながら、それでも逃げようなんて思えないからだ。

「僕のダーリンにしか治せない、恋の病だよ」

幸せそうに微笑う環に、甘く抱きしめられたまま身じろぐことさえできない。

「キスで治るか、試してみて……？」

ねだる声に、やっぱり瞼《まぶた》を閉じてしまうなんて本当にどうかしていると心梨は自分でも思うけれどやめられないのだ。

「……バカ」

そっと柔らかく唇を押し当てるだけのキスに、眼鏡を奪われるのを感じる。こんな時、環の手は泥棒より素早くて春風よりもさり気ない。どこで隠れて練習しているのだろうと心梨が微笑ってしまうくらいだ。

「なに可愛い顔してるの？」

軽く啄《つい》ばむような小さなキスと、甘く囁く声がくすぐったくて心梨は微笑ってしまう。

「そんな顔して、僕にキスされても知らないから」

甘えるような仕種《しぐさ》で何度もキスしてくる環の唇が、やっぱり微笑ってしまっているから心梨の笑みは深くなってしまうのだ。

「可愛いの、おまえのほうだろ」

生意気で完璧な、可愛い環が。こっそり自分の眼鏡を抜き取る練習をしているところを想像してしまうからだろうか。

「先生より可愛かったら、危なくて外も歩けないよ」

嬉しそうにキスをする環が、可愛くてたまらないと思った。

「全然わかってないな、環め」

あの生意気で忌々しいだけの存在だった桜大路環を、どうしてこんなに可愛いと思えるようになってしまったのか、心梨には自分でもわからない。

「わかってないのは先生のほうだよ、………こんなに可愛いのに」

甘ったるい声は恥ずかしいくらいで、大切そうに抱きしめられる腕の優しさに逃げ出したいと思ったことは一度や二度ではなかったけれど。

「これ以上、先生に夢中《むちゅう》にさせて僕をどうする気なの?」

頬を熱くする恥ずかしさも、ぶっきらぼうにならずにいられない照れ臭さも、何もかも全部、恋のせいだから。

ずっとこうしていたいと思うことさえ、もう仕方がないような気がした。

「………こんなとこで、卒業生代表がサボっってていいのかよ?」

いつも心梨が使っている仕事用の広い机へ軽く腰掛けて、その前へ立ったままの心梨を深く抱きしめてくる環は悪戯っぽい笑みを浮かべている。

「先生の可愛い環は重病で、治療中なんです」

そうして心梨を抱きしめたまま、環は数えきれないほど小さなキスをするのだ。

「先生のキスでしか、治らない不治の病なんだから」

悪戯っぽく覗《のぞ》き込んでくる環の瞳に、視線が合うだけで頬が熱くなっていく。

「先生、早く……キスで治して？」

こんなふうに熱っぽく見つめられたら、もうすぐにでも言いなりになってやりたくて、たまらなくなるだなんて可笑《おか》しいだろうか。

「早く治してくれなきゃ、死んじゃうかもしれないよ？」

幸せそうな環の笑顔に笑ってしまって、けれど胸のドキドキは酷くなるばかりで少しも収まらない。

だから、きっとこれは心梨からのキスを誘う環の作戦なのだろう。

「………環のくせに、病気になんかなるなよ」

けれど心梨は憎まれ口を叩くみたいに、わざと少しだけ意地悪な口調で言ってやるのだ。

「俺の、可愛い環のくせに」

そうっと唇へ掠《かす》めるように触《ふ》れるだけの優しいキスで、可愛い奥さんの小さな我が儘《まま》を叶《かな》えてしまうために。

「先生、……大好き」

耳元へ響く、うっとりとした甘い声。環はいつも、こんな声で心梨を呼ぶ。聞くたびにふわふわとした、優しい気持ちになるそれは。

完璧な数式よりも心梨を夢中にさせる、唯一のものなのかもしれない。

「環、さっきの答辞……すごくよかった」

ふいに思い出した、壇上から響いた環の言葉に心梨は胸が痛くなる。

「……ウェーバーの法則、気に入ってくれた？」

ふわりと見惚れそうなくらい綺麗に微笑って、けれどほんの少しだけ切なく滲んだ声。いつもより掠れて響くそれは、環も同じ気持ちを抱いているのだとわかるものだった。

「環、……ずっとだからな？」

急に不安になったみたいに、強い視線で環を見上げたら。

「ずっとだよ、――嫌だって言っても、もう離してあげないから」

覚悟《かくご》しててね、なんて安心させるように囁いて環は微笑ってくれた。まるで、心梨の胸を掠めた小さな不安の存在を知っているみたいに。

「……環」

我慢できなくてギュッと抱きしめたら、すぐに強い力で抱きしめ返されて安堵《あんど》する。

「どんな些細《ささい》なことでもいいから、ちゃんと教えてくれるって約束してね」

環は囁くような声で告げて、約束する仕種で心梨の額《ひたい》へ小さなキスをした。

「もしも先生が不安になったり、……少しでも悲しくなるようなことがあったら」

そうして環はコツンと額同士を合わせると、心梨の瞳を真っ直ぐに見つめて囁くのだ。

「全部、隠さずに僕に教えて欲しい」

何もかもを受け止めて包み込むような、優しい声で。

「雨が降りそうだとか、お金を落としたとか、なんでもいいから」

そっと見つめ合ったまま、環は安心させるような仕種で微笑んだ。綺麗に微笑む、その瞳からさえ環の優しさが伝わってくるようでたまらなくなった。

こんなふうに安心させてやりたいと思うのは、心梨も同じだからだ。

「先生に起こったことや、先生が感じたことを全部――知りたいんだ」

歳下の男から心配されて宥《なだ》められたり慰められたり、励《はげ》まされたりして安心するなんて本当に、馬鹿みたいだと思うけれど。

「もちろん、楽しいことも僕に教えてくれなきゃダメだよ？」

先生と一緒に喜んだり笑ったりしたいから、なんて当たり前の口調で言ってくれる環がやっぱり愛《いと》しくて、好きでたまらないと素直に思えるから。

だから少しくらい甘やかされてしまっても、もう仕方がないのだと心梨は思った。

「上手く言えなくても、見つめてくれるだけで僕にはわかるから大丈夫だよ」

だから約束してね、なんて言う可愛いお願いに迷いもなく頷《うなず》いてやりたくなるくらい、環を好きだと思うからだ。

「………おまえもだからな」

照れに頬《ほお》が熱くなって、赤く染まってしまうのが自分でもわかる。環の視線から逃げるみたいに俯《うつむ》いてしまうのは、じっと見つめてくる環の視線が恥ずかしいからだ。

「うん、僕も全部教えるって約束するよ、………だから先生も絶対だよ？」

聞いているだけで照れてしまいそうなほど幸せに響く声が、耳にくすぐったい。そんな表情をするから余計に恥ずかしくなってしまうのだと、環は気づかないのだろうか。

悪戯めいた微笑みさえが環は綺麗で、見惚れてしまいそうになる。

「………ちゃんと守る」

思わず真っ赤になって俯いてしまった心梨のつむじへ悪戯っぽいキスをして、それから環は嬉しそうに微笑った。

「男に二言はないからね」

なんて、念を押すことを忘れずに。

「当たり前だ、………バカ環」

文句を言う声までが甘くなって、やっぱり環を微笑ませるだけだとわかっていたけれど心梨はそっと恋人を抱きしめてしまうことにした。

「先生に、バカって言われるのも好きだよ」

ギュッと心梨を抱きしめて、まるで愛の言葉を告げられたみたいに環は喜んで見せる。

そんな環に微笑って、心梨は嫌がらせのようにギュッと抱きしめ返してやった。

「………桜、散っちゃうね」

ふと呟いたような声に顔を上げて、窓の外を見る。開け放ったままの窓から吹き込んだ春風に、はらはらと桜の花びらが舞い散るのを言葉もなく二人して眺めた。

こうして、この部屋から桜を見るのも今日で最後だろうかと思うと胸が痛くなる。

「…………………」

今日で環は学校を卒業するのだと、なぜだか唐突に実感してしまうからだ。

「………こんなふうに、先生と学校で会えるのも最後だ」

どこか寂しげに響いた環の声に、うん、と小さく答えて。ずっと待っていたはずの環の卒業式を、やっぱり手放しでは喜べない自分を心梨は持て余してしまいそうになった。

「もうこれからは、こんなふうに授業をサボってキスしたり」

きっと、卒業の甘い感傷に浸《ひた》る環よりも心梨のほうがずっと。

「大好きだよって、休み時間ごとに言いに来ることもできないね」

まるで一人だけ置いて行かれるようで、寂しいと本当は思ってしまっているからだ。

「バカ、………一生高校生のままでなんかいられないだろ？」

けれど心梨は、わざと偉《えら》そうに言って環を睨《にら》んでやる。とりあえず心梨は環より七つも歳上の大人で、しかも教師なのだ。

俺も寂しくてたまらない、なんて素直に言えるはずもなかった。

「卒業できるのは嬉しいよ？」

そんな心梨の気持ちも知らずに、嬉しいなんて言う環が憎らしくて愛しくてたまらない。置いて行かれるような寂しさを、気づいてくれないと思ったからだ。

けれど、環は綺麗に微笑って心梨に告げるのだ。

「だって今日から、――ただの恋人だ」

もうただの先生と生徒なんかじゃないよ、なんて本当に嬉しそうに言ってくれるから。

さっきまで感じていた切なさが、全部幸せな気持ちに変わっていくのを感じた。

「恋人じゃないだろ」

だから環にも同じ幸せを与えるために、心梨は言うのだ。一生分の勇気を掻き集めて、わざと作った素っ気《そ》ない口調で、けれど優しい声で言ってやる。

「先生ヒドイ、まだ僕のこと恋人だって認めてくれないの？」

急に拗《す》ねたみたいに見つめてくる環を、真っ直ぐに見つめ返したまま。

「恋人なもんか、だっておまえは」

傷ついたような環が、何かを言ってしまう前に。

「俺の、――可愛い奥さんなんだろう？」

急ぐみたいに記録的な早口で言って、心梨は乱暴なキスをした。

「……っ」

コツン、と前歯がぶつかってしまうような不器用で下手くそな――精一杯《せいいっぱい》の心を込めたキスを。

「…………先生」

呆然《ぼうぜん》としたように見つめてくる環に、羞恥《しゅうち》を思い出したように頬がカッと赤くなる。

「ち、違うって言ったら実家へ返すからなっ!?」

だから恥ずかしさを誤魔化《ごまか》すみたいに、精一杯に怒った表情で睨んだら。

「先生……！」

急に感極まったような仕種で、環はギューッと思いきり抱きしめてきた。

「違わない、違いません……絶対絶対、違うもんか」

どこか少し掠れて響く声に驚いて、そっと顔を上げさせたら嫌がるようにギュッと強くしがみついてくる。

「環？」

微かに震える肩が不自然で、心配な気持ちになりそうだ。だから、慰めるような仕種でそっと肩を撫《な》ぜたら。なぜか環はビクリと大きく震えて、小さな声で心梨を呼んだ。まるで、大切な人を一生懸命に探す子供みたいに。

「……なんだ？」

吐息《といき》みたいな声で尋ねたら、環は小さな声で「好き」なんて答える。そんな環に照れるよりも先に暖かい気持ちでいっぱいになって、心梨は胸が熱くなるのを感じた。

「もう、今日からは先生って呼ばなくてもいい……？」

掠れた声が、どこか不安げに響いて目眩《めまい》がするような愛しさを覚える。それから、環が顔を見せない理由に思い当たって笑みが深くなった。

「呼び捨てはダメだぞ」

なんて偉そうな口調《くちょう》で言いながら、心梨のほうが泣いてしまいそうだと思う。こうして抱きしめている腕から、環の気持ちが浸透《しんとう》してくるからだろうか。

ふとした瞬間に環が見せる表情や仕種は、それだけで心梨の胸を締めつけた。

「もちろんです、僕のダーリンは亭主関白《ていしゅかんぱく》だもの」

やっと環がいつもの声で言って、二人して顔を見合わせる。そうしたら、なぜだか急に幸せな気持ちが込み上げてきて二人して微笑ってしまった。

「先生の笑顔、大好き」

蕩《とろ》けそうな甘い笑顔に、照れてしまう自分を叱咤《しった》しながら真っ直ぐに環の瞳を見つめる。そうして微笑む瞳に、小さなキスをして。

どんな時にも最後には必ず心梨を微笑ませてしまう環を、心から愛しいと思った。

「これからは……心梨さん、って呼ばせてね」

照れたみたいにお願いする環に、心梨は偉そうに頷いてやる。

「ずっと、ずっと——二人でたくさん笑えるように」

傍《そば》にいるから、という神聖《しんせい》な誓《ちか》いのような囁きに微笑って。

「……………!」

幸せな答えは、そっと唇へ届けてしまうことにした。

卒業式のあと開かれた職員だけの慰労会《いろう》に出席して、チラリとも見ていない踊りの感想を深草に求められるという過酷《かこく》な席から逃げ出した心梨が、ようやく家路についたのは、もう夕暮れに近い時間だった。いつものように駅を出て、いつもは通らない広い大通りを小走りに歩いていく。

いつもと違う道程は、誰にも秘密の買い物をしていたからだ。

「…………」

手に入れたばかりのそれを、スーツの胸に隠しているからだろうか。自宅へ向かう足はどんどん速くなるばかりだ。

「……ビックリするかな」

そっとスーツの上から、その宝物の存在を確かめるだけで心梨の笑みは深くなる。毎日のように鬱陶《うっとう》しいと思う長い坂道は今日も急で、けれど今日は少しも辛くはなかった。

「喜ぶよな」

早く帰ってきてね、なんて甘える奥さん気取りの恋人が。心梨の帰りを、首を長くして待っていると思うからだ。その幸せそうな笑顔を想像するだけで、心梨の足は軽くなる。思い出すだけで幸せな気持ちになってしまうのは。

きっとそれが、心梨のたった一人の大切な恋人だからだ。

「…………！」

ふいに背中から吹きつけた強い風に押されて身体が一瞬だけ浮く。坂道を登る心梨を、そっと包み込むように桜の花びらが舞い散った。

「桜……」

見上げた空は、すでに夕暮れのオレンジに埋《う》め尽《つ》くされている。赤く染まった視界に、はらはらと舞い落ちていくピンク色の花びらは酷く幻想的で美しい。見慣れた、いつもの風景を一変させる桜の見事さに思わず息を呑《の》んで見惚れた。

「…………」

ひらひらとあとからあとからいつまでも舞い続ける花びらと夕焼けに視線を奪われながら、ぼんやりと心梨は足を運び続ける。

そうして気づいた時には永遠に続くような長い坂道を、いつの間にか登り終えていた。

「！」

ふいに、桜の花びらがスッと心梨の前を横切る。無意識に伸ばした指先へ、その綺麗な一片が微かに触れた途端《とたん》に捕《つか》まえようと夢中になった。

「くそ…っ」

ひらひらと風が吹くたびに舞い上がる花びらは気紛《きまぐ》れで、まるで心梨を焦《じ》らそうとしているみたいに映る。思わず持っていた鞄《かばん》をアスファルトの上へ投げ出して、ムキになったみたいに花びらを追いかけていた心梨は空から注《そそ》がれている視線に気づいていなかった。

「ようするに、空気抵抗と慣性の法則だ……そっとやれば上手く行く」

そっと、花びらを捕まえるために今度は慎重《しんちょう》な仕種で両手を伸ばす。

「！」

優しく両手で包み込んだ掌《てのひら》をゆっくりと開くと、心梨は嬉しそうに微笑んだ。やっと桜を捕まえられたからだ。

「上手く行ったね」

唐突に空から降ってきた声に、ハッとしたように視線を上げてマンションを見上げる。

「桜と浮気してたの？」

窓から身を乗り出して微笑う瞳に、今さらのように赤くなって鞄を掴む。

「ダーリン早く帰ってきて」

落ちてくる甘い声に、心梨は真っ赤になりながらマンションへ入って行った。

いつものようにエレベーターを降りて三階の突き当たりにある、自宅ドアの前で心梨は大きく深呼吸した。

今までに数えきれないほど何度も繰《く》り返した動作。けれど今日だけは、特別だ。

「…………」

そのドアの向こうで自分を待っているはずの男が、もう心梨の教え子ではないからだ。

さっきまで背広の胸ポケットに入っていたものを素早く鞄の中へ隠して少し赤くなった。

「大丈夫かな……」

鞄へ隠した小さな箱の存在に気づかれることなく、夜まで隠し持っているなんて自分にできるだろうかと不安になってくるのは、隠し事に慣れていないせいだ。

「……とりあえず、ただいま、からだよな」

ドキドキする胸を抑《おさ》えながら、心梨は自宅のドアの前で立ち尽くしたまま考える。何も考えずに、いきなり思ったことを実行に移すなんて大胆《だいたん》なことは基本的に心梨には向いていない。理系の脳は、あらゆる場面を想定して推測するのが好きなのだ。

「…………」

そうしてこれから自分が取るべき行動を、ちゃんと上手く実行できるか何度も頭の中でシミュレーションしてみる。失敗するわけにはいかない、と思うとますます緊張してきて挨拶の訓練から始めてしまいそうだ。

それでも、一生懸命にシミュレーションをしていた時。

「心梨さん？」

いきなりガチャリと開いたドアに、まだ準備ができていなかった心梨の心臓はドキリと一瞬で跳《は》ね上がってしまった。

「た、たたた環…っ」

想定外の突発《とっぱつ》的事態に弱いのは、基本的に理系で纏《まと》められている頭脳が論理的な思考で構築されているせいだろう。

思わず動揺《どうよう》に声が裏返ってしまう心梨は、明らかに挙動不審《きょどうふしん》なダーリンだった。

「どうしたんですか、さっきから考え込んで」

ほんの少し怪訝《けげん》そうに細められた視線に、心臓がバクバク鳴り出すのを必死に堪える。

まだ気づかれるわけにはいかないのだ。

心梨には、隠し通さなければならない一世一代の素敵《すてき》な秘密があるのだから。

「た、ただいま環っ」

カッと赤くなった頬に気づかれないよう心梨は慌てて中へ入る。微妙に不自然な仕種で環の視線を避けながら、靴を脱ごうと屈《かが》んだ途端に背中からグッと不意打ちの仕種で抱き寄せられて固まってしまった。

「心梨さん、僕に何か隠してるね？」

鋭い環のツッコミにビクリとして、素直に頷いてしまいたい気分を堪えて首を振る。

「これ、おみやげ！」

そして有無を言わせない強さで後ろを振り返ると、さっき捕まえた桜の花びらを心梨は掌ごと差し出した。

「心梨さん、可愛い桜の花びらで僕を誤魔化そうとしてもムダですよ？」

そうっと指先で花びらを受け取って、微笑む環に冷や汗が流れる。その優しげな仕種と裏腹に、急に剣呑《けんのん》になる表情が環の中で渦巻《うずま》く疑惑《ぎわく》の存在を物語っているようだ。

「何を隠してるのか、教えるまで許してあげないから」

なんて可愛いというべきか恐ろしいと表現するべきか判断に迷うような表情で見つめてくる環は、どこまでも嫉妬《しっと》深い奥さんだった。

きっと環は、またありえない浮気疑惑に駆《か》られているのだ。

「風呂に入るから、早く用意しろ」

けれどそんな環を無視するように、いまだかってない亭主関白的態度で心梨はお風呂を要求してやる。いくら環が怖《こわ》い表情をしても、ここで怯《ひる》むわけにはいかないのだ。

「着替えも用意してあるし、いつでもお風呂には入れるよ」

そんな心梨の常にない気迫には環も少し驚いたらしい。

「よし、風呂だ」

乱暴に背広を脱ぎ捨てながら大股にバスルームへ向かう心梨の後ろを慌てて追いかけてくる環は、素早く貞淑《ていしゅく》な妻の仮面《かめん》を被《かぶ》ったようだ。悪くない謙虚《けんきょ》な態度である。

「でもその前にダーリン、重要なことを忘れてませんか？」

手早くワイシャツを脱ぎ捨てて、もうすっかりお風呂に入ろうとしていた腕を引かれて心梨は怪訝な気持ちで振り返る。

「重要なこと？」

なんのことかわからないまま、キョトンと首を傾《かし》げたら。

「おかえりなさいのキス、――忘れてたでしょう？」

盗むような素早いキスが唇へ落ちてきて、カッと頬が熱くなった。

「環…っ」

軽く唇へ触れただけのキスは、けれどそのまま卑猥《ひわい》なキスへと変えられてしまう。いやらしい仕種で唇を舐《な》められて、たったそれだけのことに感じてゾクリと身体が震えた。

「……ん、や…っ」

服を着たままの環とは裏腹に、お風呂に入るためにほとんど洋服を脱いでしまっていた心梨は頼りない下着一枚だ。

「心梨さん、可愛い……まだキスだけだよ？」

まだ舌さえ絡《から》めていないようなキスで、そこがピクリと硬くなってしまったことを環に知られたことが恥ずかしくて頬が熱くなる。

「環、……やだ」

グッと腰を重ね合わせるように引き寄せられて、硬くなりかけたそこが環の硬い昂《たかぶ》りへ擦《こす》り合わされてカッと身体に火が灯《とも》った。

「嫌じゃないくせに、……僕に可愛がって欲しくないの？」

耳朶《じだ》を噛むみたいに囁く声がいやらしくて、たまらない。触れ合っている環のそこは、もうすっかり熱くなってその気になっていることを教えている。

それだけで、もう連れ去られてしまいたくなる自分を堪えて心梨は視線を上げた。

「環、まだ風呂、入ってないから」

潤《うる》みかけた瞳で環を見つめながら、けれどまだ溺《おぼ》れてしまうわけにはいかないと心梨は必死に我慢する。

「じゃあ僕が先生を洗ってあげるよ」

なのに環は、それならいいでしょう、なんて言って心梨を右腕で抱きしめたまま器用に自分のシャツを脱いでいってしまうのだ。

「…………もう先生って呼ばないって、言ったくせに」

恥ずかしさに真っ赤になって、それでも環からの誘いを強く拒否してしまえない自分を心梨は知っている。だって本当は、ずっと今日が来るのを待っていたから。

したくない、なんて嘘は今さら言えそうにもなかった。

「ベッドの中でだけ、先生って呼ぶのも悪くないよね」

卑猥なことを、綺麗な微笑みでサラリと言える環が憎らしい。

「どうせ、俺にはおまえに教えられることなんて何もないよ」

拗ねてしまうのはベッドの中で何かを教えられるのが、いつだって心梨のほうだからだ。そっと触れ合わせるだけの他愛ないキスから、好きな人と身体を繋《つな》げる幸福まで。

何もかも初めてだった心梨に、すべてを教えたのは環なのだから。

「そんなことないよ、こんなに気持ちいいって教えてくれたのは先生だもの」

キスだけで幸せになれるのは先生だけだよ、なんて言葉にムッとしてしまう。何気ない言葉が、他の人とも経験したことを心梨に教えてしまうからだ。

「先生？」

不思議そうな声に、なんて言い返せばいいのかわからなくて俯いてしまう。環の過去に嫉妬してしまうような大人げない自分を知られたくないからだろうか。

きっと今なら表情だけで、考えていることをすべて知られてしまう気がした。

「先生だけだよ………他の誰にも、もう二度と触れさせない」

そっと眼鏡を抜き取られて、僅かに上げた目尻へ優しいキスが触れる。

「約束するから、ヤキモチなんて焼く必要はないよ？」

綺麗な笑顔で微笑んで、甘い声で囁く環は狡《ずる》い。

「ヤ、ヤキモチじゃないからなっ？」

真っ赤になってしまうのは、図星《ずぼし》だからだ。

「ダメだよ、先生がヤキモチ焼きなのはもう知ってるんだから」

嬉しそうに囁いて何度も頬や額へキスしてくる環は、憎らしいほど完璧な男だ。心梨の考えていることぐらい、お見通しらしい。

「でも僕のほうが、もっとヤキモチ焼きだってことを忘れちゃダメだよ？」

悪戯っぽく微笑う瞳の深さにドキリとして、心梨は今さらのように環へ見惚れてしまう。

毎日、朝から晩まで一緒にいて。

もう数えきれないほど、たくさんのキスをしているのに。

「先生を独り占めしたくて、毎日」

こんなふうに、不意討《ふいう》ちのように投げ掛けられる環の視線の一つ一つに胸が高鳴って。

やっぱり心梨はバカみたいにドキドキしてしまうのだ。

まるで、たった今――初めて環の美しさに気づいたみたいに。

「どんなに僕が必死になってるか、先生はちっともわかってないんだ」

なんて詰《なじ》る環も心梨のドキドキの存在を知らないから、お互い様だと思うけれど。

「………先生、聞いてなかったね？」

ほんの少し不機嫌になった瞳で見つめられても、心梨には上手く答えられない。聞いていなかったわけではなく、ただ環に見惚れていただけだなんて素直に言えないからだ。

「環……っ」

ゆっくりと下着を下ろしていく指に、ハッとして身体を捩《よじ》る。

「お風呂、入りたいんでしょう？」

意地の悪い囁きに心梨が赤くなっているうちに、環は手早く下着を下ろしてしまった。

感心するくらいの早業《はやわざ》に驚いて、心梨はもう声も出ない。

「可愛いダーリンを、どこから洗ってあげようかな」

嬉しそうに首筋を撫でてくる環から逃げるように、壁を伝ってバスルームへと移動する。

眼鏡を奪われたせいで心梨は壁へ縋りつくようにしないと、視界がブレて歩けないのだ。

「わっ！」

そんな心梨を壁から奪い去るように背後からギュッと抱きしめてくる環は、バスルームの壁にさえ嫉妬できるらしい。

「先生の眼鏡、どこかに隠しちゃおうか」

そうしたらずっと自分にしがみついていてくれるから、なんてサラリと告げてしまえる環は可愛いのか怖いのかわからない男だった。

「そんなことしたら嫌いになるからな？」

数式が読めなくなる、という心梨の抗議《こうぎ》に環は嬉しそうに笑って頬へキスしてくる。

「とりあえず、当分は数学がライバルですね」

微笑んだ環の頬へキスを返して、暖かいシャワーで身体を温めることにした。

「…………熱くない？」

そうっと掛けられたシャワーのお湯に、心梨は環の肩へしがみつく。

「平気だ」

お湯よりも、触れ合った身体が熱くてどうしていいかわからなくなる。視界が頼りないせいか、少しでも環から離れると急に寂しくなってしまう気がして戸惑《とまど》った。

「………お風呂、もう入っちゃおうか」

簡単にシャワーで身体を流しただけで、もう環は湯船に入ってしまおうとする。きっと環は湯船よりも早く、本当は心梨の中に入ってしまいたいのだ。

「環、……狭いから」

深くなった抱擁に環の昂りを感じて、いたたまれないほどの羞恥《しゅうち》を覚えた。

「先生の中はもっと狭いよ」

恥ずかしげもなく大胆なことを言ってのける環は、澄ました表情に悪戯っぽい微笑みを浮かべている。そんな環に抱《かか》えられたまま、心梨は湯船へ腰を下ろした。

「……っ」

ザブンと乳白色のお湯が溢《あふ》れて派手《はで》な音を立てる瞬間を、心梨は赤くなって我慢する。それが、二人分の体積に溢れるのだと知っているからだ。

「やっと先生を思いきり抱きしめられるね」

悪戯に成功した子供みたいに言って、膝の上へ乗せた心梨へ頬擦りしてくる環は本物の子供みたいだ。

「こんな狭いとこでくっつくなよ」

年相応の仕種は心梨をくすぐったい気持ちにさせて、こんな環も悪くないと思わせる。

「狭いところ大好きだよ、だって先生とくっついていられるでしょう？」

悪くない、なんて言い方は本当は少しも相応《ふさわ》しくないのかもしれない。

「狭い風呂は嫌いだって言ってたくせに」

額にされるキスも、甘えるような声も。何もかも、心梨の好きなものばかりだからだ。

「先生がすぐにのぼせて、最後まで……させてくれないからだよ」

狭いから、なんて言い訳のような言葉に大きく脚を開かされる。そうして向かい合って座る環の腰の上へ、直《じか》に腰を下ろさせられた。

「ダメだよ先生、狭いんだから」

閉じようとした脚を簡単に環の肩へ担《かつ》がれて、心梨は慌てて腕を伸ばす。

「大丈夫、抱っこしてあげるって……言ったでしょう？」

すぐに抱き寄せられる腕に、力強く背中を支えられてホッと息を吐いた。

「環、苦し…っ」

けれど不自然な体勢で前屈《ぜんくつ》しているのと同じ格好《かっこう》が苦しくて、環へ抗議してみる。

「じゃあ、苦しくないようにしてあげるね」

あっという間に肩へ乗せていた脚を下ろされて、拒《こば》む間もなく環の身体を挟み込むような形で固定されてしまう。

「こ、こんなとこで嫌だからなっ」

さっきよりも恥ずかしい格好に、文句を言うけれど今さらだ。

「もう、こんなになってるのに？」

開いた身体の奥に、熱くなった環の先端を押し当てられて吐息が甘く乱れてしまう。

「ね、先生も欲しいでしょう……？」

ゆっくりと肌を辿《たど》りだした掌に、卑猥な仕種で胸を撫でられて答えられなくなる。

「……環」

環が欲しいのは、本当のことだ。けれど、まだ少しは理性が残っているから闇雲《やみくも》に環へ溺れてしまいたくなるほどではなかった。

「卒業のお祝いだと思えば、恥ずかしくないよ」

ね、なんて宥めるみたいにキスされて恥ずかしくなってしまう。

「環……」

突然お風呂の湯気が喉の奥へ忍び込んできたみたいに、わけもなく息苦しくなる。

「もう、先生じゃないなんて――夢みたいだ」

きっとそれは、ほんの少しセンチメンタルな気分になってしまうからだ。こんなふうに、時折。不意討ちみたいに訪れる、泣きたいような感情のすべては。

「………俺も」

生意気で大切な歳下の恋人が、ただの生徒ではなくなってしまうことへの矛盾《むじゅん》した感傷なのかもしれない。

「先生………？」

ずっと、早く環が卒業すればいいと心梨は思っていた。早く、ただの先生と生徒でなくなればいいと願っていたのだ。

「泣かないで………卒業しても、ずっと一緒だよ？」

そうしたら、ただの恋人同士になって。きっと今よりずっと、言葉にはできない何かがすべて上手く行くと心梨は思い込んでいた。

なのに、本当に環が卒業してしまったら今度は切なくなるだなんて可笑しいだろうか。

「環がいない学校なんて、………もう行きたくない」

ほんの数時間前に卒業式を終えたばかりなのに、もう心梨は環のいない学校へ行くのが寂しくてたまらないような気分になってしまっていた。

「先生……！」

急に感極まったような仕種でギュッと抱きしめられて、途端に心梨は自分の言ったことの恥ずかしさに気づいて顔を青褪《あおざ》めさせた。

あんなふうに言ったら、まるで環の卒業を喜んでいないみたいだと思ったからだ。

「た、環、今のウソっ」

嘘《うそ》だからな、なんて慌てて言っても環は少しも聞いてくれない。

「ダメだよ、本当は僕のほうが先生を閉じ込めちゃいたいくらいなんだから」

盛り上がるまま吐息まで欲しがるような荒っぽいキスをして、すぐにでも捩《ね》じ込みたいと教えるような仕種で腰を押しつけてくる。

「環!?」

ダメだ、と言うはずだった声は熱いキスに飲み込まれて上手く言葉にならない。

「………っ」

噛みつくようなキスに吐息まで震えて、抵抗する意志さえ消え失せてしまいそうだ。

「少しだけ我慢して――たくさん、先生を可愛がってあげるから」

卒業記念だよ、という甘い囁きに強く抱き寄せられて瞳を閉じる。そうして抵抗しようと考える間もなく、心梨は恋人の腕へ攫《さら》われてしまった。

そうっと頬に触れる、冷たい感触に瞼を震わせて小さく身じろぐ。手探りで触れた指はキュッと握り返されて心梨の意識を目覚めさせた。

「…………？」

ひんやりとした額の心地よさに息を吐いて、心梨は安心したように唇を綻ばせる。頬に触れているそれが何か、わかったからだ。

「目が覚めた……？」

囁くような声に、微笑ってしまいそうになりながら。ゆっくりと頬を撫でる冷たい掌の感触に心梨は眠っているふりをする。

もう少しだけ、このままでいたいからだ。

「ダーリン、もしかして眠ってるふり作戦なの？」

楽しげに微笑う声に、どうしようかと考えて。やっぱり眠っているふりをして、心梨はそっと腕を伸ばした。

「心梨さんったら」

くすぐったいほどの甘い声は心梨の意図《いと》を察したのか、すぐに柔らかく抱きしめてくる。望んだままの感触に気をよくして、心梨は眠ったふりのまま少し微笑ってしまった。

「眠ってばかりいると、可愛いハニーにキスされちゃうんだから」

それでもいいの、なんて冗談めかしながら心梨へ小さなキスを仕掛けてくるのは可愛い奥さん気取りの男だ。

「ダーリン、大好き」

そんな環の綺麗な形をした唇はいつも、優しい声で同じ言葉を囁く。聞いているだけで恥ずかしさに心梨が逃げ出したくなるくらい、何度も。

降りやまないキスには、溢れるほどの愛が込められている気がした。

「……うるさい」

赤くなった耳を隠すみたいに、心梨は環の胸元へ潜《もぐ》り込んでしまう。

「それで、僕のダーリンはいつまで眠ったふりを続けるつもりですか？」

そんな心梨に悪戯っぽく囁いて、環はこめかみへキスをした。

「続けたいなら、先生の可愛い環も協力しちゃいますけど」

どうする、なんて囁きながら背中の窪みを辿っていく指が卑猥でドキリとしてしまう。

「起きる！　起きたぞ！　何があっても俺は起きるからな!?」

思わずパッと瞼を開いた心梨は、いつの間にかオレンジ色の夕陽がどこかへ消えていたことに気づいた。

バスルームで環と遊んでいたせいで、すっかり夜になっていたのだ。

「おはようダーリン、朝になるまでに起きてくれて嬉しいよ」

素早く落ちてきたキスに、すぐに夕陽のことは忘れてしまったけれど。

「…………環め」

真っ赤になって唇を噛んだ心梨は、その子供っぽい仕種が歳下の男を酷く喜ばせていることに気づかなかった。

「ダーリン、お腹は空いてませんか？」

奥さん気取りの可愛いハニーは、心梨より七つも歳下だということを本当はとても気にしている。

「誰のせいでメシが食えなかったと思ってるんだよ？」

亭主関白で我が儘なくせに、やっぱり可愛い素敵なダーリンが、環よりよっぽど年の差を気にしていると知っているからだ。

「心梨さんの、可愛い環のせいです」

嬉しそうに微笑む環は、どこまでも幸せそうで怒る気にもなれない。

「………お風呂でしたの、初めてだったね」

うっとりとした声が、さっきバスルームでしたことを思い出しているとわかるから急に恥ずかしくなった。

「狭くて、キツくて――すごくよかった」

二人で入るには狭すぎる小さな浴槽《よくそう》のことを言っているのか、それとも心梨自身のことを言っているのか判断のつかない台詞が酷く卑猥だ。

「狭いの、すごくよかったけど」

もっと広いお風呂がある家へ引っ越しましょうね、なんて嬉しそうに言ってしまえる環が心梨には信じられない。そんな恥ずかしいことをペラペラとしゃべってしまえる図太い神経がない心梨は真っ赤になって固まっているだけだ。言い返す言葉さえ浮かばないのは、幸せそうな環に悪気はないとわかってしまうからだろうか。

「先生の綺麗な脚が壁にぶつかったりしたら可哀想だからね」

記憶を辿るように触れてくるいやらしい指先と、さっき取らされた体勢を教えるような台詞にカッと身体が熱くなってくる。

「環…っ」

慌てて環の唇を両手で押さえるのは、それ以上恥ずかしいことを言われたら舌を噛んで死にたくなってしまうからだ。心梨はこういった会話や雰囲気に、少しも慣れていない。慣れていないどころか、環が初めてだから酷く戸惑ってしまうのだ。

「環ッ!」

なのに唇を塞《ふさ》いだはずの掌にまでチュッと軽くキスされて、心梨は泣きそうになった。いたたまれない羞恥に、どうしていいかわからなくなるからだ。

「ごめんね、もう言わないから泣かないで?」

そんな心梨に、急に宥めるような口調になる環が憎らしい。七つも歳下のくせに、いつだって環は心梨を甘やかそうとするからだ。

「眼鏡、返せよ」

だから、威厳《いげん》を示すように心梨は偉そうに言ってやるのだ。ちょびっと零れてしまった涙を、手の甲で乱暴に拭って環を睨んでやる。

「よし、そこに座れ」

亭主関白を気取って、少し怒ったような表情をするのはわざとだ。

「………先生?」

スチャッと素早く装着した眼鏡に、環が神妙《しんみょう》そうな表情で見つめてくるのがわかるから可笑しくて微笑ましくて、笑ってしまいそうになる。

「黙って目、瞑《つむ》れよ」

けれど心梨は怒ったような表情のまま、言ってやるのだ。

「先生……？」

生意気で、我が儘で――――奥さん気取りの可愛い環が。

「もう先生じゃないだろ？」

嬉しくて幸せで、たまらなくなるようなことを。

「………心梨さん」

そっと環の手を取ると、震えそうになる指をどうにか動かして環の瞳を閉じさせる。

「先生……？」

そうして心梨はドキドキする胸を堪えて、そっと鞄の中へ隠していた小さな箱を恋人の掌の上へ押しつけることに成功した。

「積分してやるから、大事にしろよ？」

わざと冗談めかしたはずの声は、なぜだか掠れて上手くいかなかったけれど。

「心梨さん、これ………」

そっと掌の小さな箱を見つめたまま、信じられないみたいに見開かれた環の瞳に心梨は満足を覚えた。

「…………もらっても、いいの？」

　らしくなく震えた声が、環が感じている気持ちを残さず伝えてくれるから心梨は殊更《ことさら》に偉そうな仕種で頷いてやった。

「開けてもいい……？」

ギュッと大切そうに握りしめられた小さな箱は、まだ環の手の中で眠っている。

「まだダメだ」

すぐにラッピングを開こうとする環の瞼を軽いキスで閉じさせて、どう言おうか考えるみたいに少しだけ眉を顰《ひそ》めてから心梨は唇を開く。

「ずっと、俺だけの――可愛い環でいろよ」

プロポーズめいた言葉を恐ろしいくらいの早口で告げると、心梨は環の唇へ震えそうなキスをした。

「心梨さん、ダーリン、………僕の旦那さま」

ギュッと強い力で抱きしめられて、一瞬だけ息ができなくなる。

「ずっと心梨さんだけの可愛い環でいるから、心梨さんも僕だけの心梨さんでいて」

ほんの少し緩められた腕に環を見たら、ふわりと優しい香りがして幸福に目眩がした。

「毎日、好きだって言って欲しいなんて我が儘言わないから」

明日にでも破りそうな約束を、健気ぶって言う環が可笑しくて微笑ったら。

「本当だよ、僕が毎日言うから心梨さんはたまに言ってくれるだけでいいんだ」

なんて拗ねたみたいに言うから、余計に笑みが深くなる。

「たまにって、どのくらいの確率だよ？」

意地悪みたいに尋くのは、くすぐったい気持ちでいっぱいなせいだ。

「僕の百分の一でいいよ、一日に百回心梨さんが好きだって言うから」

いつだって心梨に好きだと言わせたがる環は、控《ひか》えめな口調で贅沢《ぜいたく》な我が儘を告げる。

「それじゃ毎日と同じだろ、環め」

照れを隠して、ほんの少し呆れたみたいに言ったら真っ直ぐに見つめてくる真剣な環の瞳と出会ってドキリとした。

「……………環？」

あんまり真摯《しんし》な視線で見つめてくるから、胸がドキドキして視点が少し合わなくなる。

ふいに環の腕が解けて、温《ぬく》もりが離れたことに心梨は不安めいた気持ちになった。

「少しだけ待ってて」

宥めるような小さなキスが頬に触れて、わけもなくホッとする。けれど次に心梨が瞼を開いた時には、もう環の後ろ姿はベッドルームを出て行くところだった。

「環⁉」

唐突な不安に思わずベッドを下りて、そのままリビングへ続くドアを勢いよく開ける。

「先生？」

そうして驚いたように振り返る環の背中へ、心梨は勢いのままがみついてしまう。

「勝手にどこか行くなよ！」

思わず怒鳴りつけた心梨は、非難がましい気持ちでいっぱいだった。恥ずかしさを我慢して、せっかくプレゼントを渡したのに一人だけ勝手にどこかへ行こうとする環のほうが絶対に悪いと思ったからだ。

「先生ったら、………そんな可愛い格好でいると襲われますよ」

先生の可愛い環に、という悪戯っぽい言葉にハッとして慌てて身体を離す。

「あ…っ」

そうして初めて、心梨は自分がシャツしか羽織《はお》っていないことに気づいた。どうやってバスルームから寝室へ移ったかさえ記憶にない心梨は、自分がどんな格好をしているかも知らずにすっかり安心して眠っていたのだ。

「駄目だよダーリン、逃げないで」

けれど逃がさないように抱きしめてくる腕に背中から抱き竦《すく》められて、真っ赤になった

まま心梨は動けなくなった。

「僕も先生にプレゼントがあるんだ」

貰ってくれますか、なんて環が不安そうな声で尋いてくれたからだ。

「今日まで秘密にしておきたかったから、隠しておくの大変だったんだよ」

楽しげに秘密を告げる声に促されるまま心梨はリビングのソファへ腰を下ろす。すぐに環の腕が拉致《らち》してくるから、正しくはソファに座っているというべきか環に座っているとするべきか悩むところだろう。

「ずっと、僕だけの心梨さんでいてください」

心梨を見つめたまま告げた環の唇が、そっと誓いのキスのように静かに重なってくる。

「…………」

伏せた瞼を離れたキスと同時に開いたら、環が綺麗に微笑んでくれるから瞳が潤んだ。

その言葉が、そのままさっき心梨が告げたのと同じものだと気づいてしまうからだ。

「……開けてもいいか？」

泣いてしまいそうな自分を堪えて、渡されたばかりの箱を見つめる。細長い華奢《きゃしゃ》な作りのシルバーブルーの箱に、軽く結ばれたオレンジ色のリボンが綺麗でドキドキした。

こんなふうにラッピングされた箱を心梨にくれるのは、きっと環だけだと思うからだ。

「待って、一緒に開けようよ」

環は環で、心梨が渡した小さな箱をドキドキした面持《おもも》ちで見つめている。それを開けた瞬間の環の表情を想像するだけで、心梨はもっとドキドキしてしまう。

その小さな箱に、何が入っているのか知っているからだ。

「じゃあ、いっせいの、な？」

ちょっと照れたみたいに環へ背中を向けて、同時に開けようと提案する。

「先生こそ抜け駆けナシだよ？」

もうすっかり「心梨さん」から「先生」になってしまっている環が可笑しくて、心梨は笑いながら黙って頷いてやった。

「行くぞ環」

ドキドキしながら背中の環へ声を掛ける。背中越しに環が頷いたのを気配で確認して、心梨はオレンジのリボンに触れた。

「いっ、せいの、せ！」

掛け声と同時に、思いきったようにリボンを引く。スルリと呆気《あっけ》なくリボンは解けて、綺麗なシルバーブルーの箱は簡単に眠りから覚めてしまった。

「環、………これ」

現れたのは、箱と同じシルバーブルーのメタリックな腕時計。小さな文字盤と、美しく洗練《せんれん》された数学的なフォルムが酷くエレガントだ。数字と針だけが濃いブルーで彩られたシンプルな時計は、心梨が一目見て気に入ってしまうようなものだった。

「…………！」

そして、何気なく見た文字盤の裏には心梨と環にしか意味のわからない素因数《そいんすう》の刻印《こくいん》が刻《きざ》まれている。絶対に忘れるはずがない、数字たち。

それはルース＝アーロン・ペアの誕生日を持つ二人にしか、意味を持たない数字だった。

「先生、指輪――覚えててくれたんだ？」

背中から響いた感激めいた声に、泣いてしまいそうな自分を我慢して心梨は振り返る。

その小さな箱を開けただけで、もう感激している環は可愛くて少し憎らしい。

「忘れるほど俺はバカじゃないぞ」

その指輪に隠されている秘密に、気づいてくれないからだ。

「どうしよう……すごく嬉しい、本当に貰ってもいいの？」

指輪を貰っただけで感激している環はバカだけれど、心梨をいい気にさせる。

「だってこれ、結婚指輪だよ？　本当に、……僕なんかでいいの？」

なんて、もし返せと言ったらどうするのだろうと思うくらい真剣に尋くからだ。

「いらないのかよ？」

だから、わざと怒ったみたいに環を睨んで心梨は尋いてやる。

「いります！　貰う！　絶対に誰にも触らせないから、僕にください！」

もう貰っているくせにお願いする環は、やっぱり可愛くて愛しくて笑ってしまわずにはいられないけれど。

「おまえにやるから、早く気づけよ……環のくせに」

本当に、環のくせにと心梨は思うのだ。環のくせに、こんなに簡単なことに気づかないなんて狡いくらいだ。

「気づくって？」

不思議そうな表情をする環が、可愛くて憎らしくてたまらない。その指輪に隠された、とっておきの秘密に気づいていないのは、環だけだ。

心梨は教えたくて焦れったくて、たまらなくなるから少し環を睨んでやる。

「……先生？」

その不思議そうな表情が可笑しくて、憎らしいから早く気づけと願いを込めるみたいに唇の先へ掠めるだけのキスをした。

「自分で考えろ、……環のくせに」

途端に嬉しそうに微笑む環に、それ以上我慢できなくなって心梨は笑ってしまいながらギュッと強く抱きしめてやる。

「先生、どうして笑ってるの？」

うっとりと幸せそうな表情で心梨の背中をギュッと強く抱きしめ返しながら、やっぱりまだ環は気づいてくれない。こんな時だけ鈍感《どんかん》になる環に、どうしてくれようかと思ってしまうのは自分で気づいて欲しいからだ。

「環のくせに――――指輪の内側、見ないからだ」

そうして、ほんの少し意地悪な表情をして心梨はヒントを与えてやることにする。

「指輪の裏側……？」

不思議そうな環を見つめたまま、心梨は悪戯っぽく微笑むとこう言った。

「2＋3＋7＋17＝5＋11＋13＝29」

腕時計に刻まれていたのと同じ、暗号《あんごう》めいた素敵な数字を。

『先生がベイブ・ルースで僕がハンク・アーロンだって知ってました？』

『僕の誕生日、明日なんです』

『一日違いだったのか、そうか』

『ただの一日違いじゃないよ、ルース＝アーロン・ペアなんだから』

『きっと恋人になる運命だったんだね』

END

眠れる新婚生活の受難

あんなに待ち遠しかった高校の卒業式を終えて、三ヵ月。見事に花びらを咲かせていた桜の木に緑が生《お》い茂《しげ》る今は、ようやく本格的な夏を迎えようとしていた。

「環ッ、もうホントに行かないと遅刻する！」

高校に勤務する自称亭主関白な数学教師、梅園心梨《うめぞのしんり》を今日も朝から玄関先で足止めしているのは可愛い元教え子にして自称可愛い奥さんな大学生、桜大路環《さくらおおじたまき》だ。

「そんなに慌てなくても学校は逃げませんよ？」

結局、広いバスルームがある部屋へ引っ越そうというハニーの野望《やぼう》は破れ、今も二人は急な坂道の上に建つ小さなマンションの一室で甘い新婚生活を送っている。

「それともダーリン、遅刻するまで愛を確かめ合いたいの？」

ただの同居でも同棲《どうせい》でもないのは、環の左手に輝くプラチナのリングのせいだ。高校の卒業式の夜に心梨から贈られた、シンプルな銀色の指輪。それは環を幸せで甘い気持ちにさせる分だけ、その行動を大胆にさせているらしい。

「教師が遅刻してたまるかぁぁぁッ！」

おかげでダーリンで亭主関白な心梨は、可愛いハニーのせいで仮にも教師のくせに毎朝のように遅刻寸前という危機的状況へ追い込まれているのだ。

「先生は遅刻しちゃいけないなんて校則はありません」

奥さん気取りの男が、その腰をしっかりと捕まえて離さないからである。

「環、……おまえ本当はバカだろう」

朝っぱらから狭い玄関脇の壁へ押しつけられて、疲れた声を出そうとしたはずの心梨は、けれど自分の意思に反して赤くなってしまう。

「先生に比べれば、どんな神童もバカになりますよ」

心梨を見つめたまま幸せそうに微笑う、そんな環の笑顔に酷く弱いからだ。

「環のくせに」

心梨が逃げないのを確かめてから、そっと優しい仕種で深く抱きしめてくる環は狡い。

そんなふうにされたら、もう嫌だなんて言えなくなる心梨を知っているからだ。

「……行ってらっしゃいのキス、してもいい？」

甘い声と綺麗な微笑みで、環は挨拶のキスをねだる。まるで甘えるみたいに心梨の瞳を見つめて、お願い、なんて言う環は本当に狡いと思うのだ。

「ねぇ先生、いいって言って」

こんな時だけ、素早く歳下の可愛い男に変身してしまう環は腹立たしいほど憎らしい。思わず、どんなお願いも聞いてやりたくなるような気分にさせるからである。

「環……」

そっと瞼を閉じて、我が儘に応えるように心梨はキスを待つ。そんな心梨は、やっぱり環の可愛いお願いにだけは勝てないのだ。

こんな時の環に嫌だと言えるのは、きっと修行中のお坊さんか仙人だけだろう。

「ダーリン、心梨さん、……僕だけの旦那様」

ちゅっと嬉しそうに頬へキスをして、その感触を確かめるように甘い声が何度も心梨の顔中へ押し当てられる。

そっと触れて離れていく唇に、それだけで頭の芯《しん》がふわふわしてぼんやりしてしまう。

「たまき……」

環のキスが好きだと思うのは、こんな時だ。甘えるような仕種で、そのくせ心梨だけを甘やかすようなキスをする。

七つも歳下のくせに、なんて百万回も思ってしまう瞬間だ。

「もう、閉じ込めちゃいたいくらい好き」

幸せそうに微笑みながら、目を開けちゃダメだよ、なんて言うみたいに環は瞼へキスを落としてくる。

「どこにも行かないで、ずっと僕だけの心梨さんでいてくれたらいいのに」

できないと誰にでもわかるようなことを、それでも駄々《だだ》を捏《こ》ねるみたいに環は告げる。まるで夢を見ているような、どこかうっとりとした甘い声がくすぐったくて心梨は小さく首を竦めた。

「……そんなの無理に決まってるだろ」

思わず拗ねたような声になってしまうのは、本当は少しだけ心梨もそうしてしまいたいからだ。このまま学校へなんか行かずに、ずっと環とこうしていられたら、なんて途方《とほう》もないことを朝っぱらから考えてしまう。

「でもいつか絶対、そうしましょうね」

唇の端へ、ほんの少し触れるだけのキス。ちゃんとしたキスをしないのは、そうしたら挨拶のキスが終わってしまうとでも思っているのだろうか。

「先生が定年退職して、可愛いおじいちゃんになったらできるでしょう？」

だから、そうしようね、なんて冗談めかした声で言うから、心梨は微笑ってしまった。

「……バカ環」

それから、少しだけ考えて心梨は環の鼻の頭へ意地悪みたいなキスをしてやるのだ。

「おじいちゃんになったら、毎朝キスなんかしないからな」

恥ずかしさを我慢して、混ぜ返すみたいに言ってやる。

「当然だよ、おじいちゃんになったら毎朝キスなんてしてあげない」

そうしたら環は微笑って、まるで苛《いじ》めっ子みたいな意地悪な声で囁くのだ。

「いつが朝なのか、わからなくなるくらい一日中」

見惚れてしまいそうなほど、綺麗な笑顔で心梨を見つめて。

「朝も昼も夜も、ずっと心梨さんにキスして過ごすんだから」

ちゃんと覚悟しててね、なんて永遠を約束するような言葉を環は告げる。

「だから、絶対に浮気しちゃダメだよ？」

どこか本気めいた悪戯な囁きは、そっと重なってきたキスに溶《と》けて酷く甘く響いた。


「意地張らないで、最初からこうすればよかったと思ってるでしょう？」

結局、遅刻寸前の時間になるまで環とのキスに夢中になっていた心梨は今日も電車通勤を諦《あきら》めて助手席に座るハメになっていた。

「バカ、学校の前まで着けたら絶交だからな」

この春、こっそりと車の免許を取っていた七つ歳下の可愛い奥さんは、少しくらい強く叱られても愛車の助手席にダーリンが座ってくれるだけで上機嫌だ。

「心配しなくても大丈夫、頼まれても学校の前までなんて送って行ってあげないから」

どうしても送ると主張して聞かない環は、心梨の送り迎えをするためだけに車の免許を取ったと言っても過言《かごん》ではない。

危なくて、大切なダーリンを満員電車になんか乗せられないと本気で思っているからだ。

「だって、学校まで行ったらみんながいて」

そのために毎朝、電車では間に合わない時間になるまで心梨を引き留めている。そんな環の苦労に、気づいていないのは鈍感で純情《じゅんじょう》で可愛いダーリンだけだ。

「行ってらっしゃいのキス、できなくなるでしょう？」

悪戯っぽく微笑う環に、真っ赤になってしまう心梨は毎朝のようにくり返される我が儘を単にキスしたいからだとしか思っていない。

「さっ、さっきしただろ！」

カーッと赤くなって、プイっと顔を逸《そ》らしてしまう心梨は本当にわかっていないと環は思うのだ。その可愛い仕種と表情が、余計に環を付け上がらせるからである。

「駄目だよ、まだ一緒にいるんだから……お出かけのキスはあとでね？」

おはようとおやすみと行ってらっしゃいとお帰りなさいのキスは、新婚生活の基本だ。その基本中の基本を環が外すわけがないことぐらい、どうして心梨にはわからないのだと思う。だって環は、一日中だって心梨にキスしていたい男なのだ。

必要なら、キスの理由ぐらい百でも製造できるのである。

「新婚さんはキスぐらいで恥ずかしがったりしちゃいけないんだよ？」

いつまで経っても可愛い人だなぁ、なんて思いながらバックミラー越しに心梨へ視線を投げる環は無敵だ。これでもかというくらい『新婚』という名の免罪符《めんざいふ》を振り翳《かざ》すことに微塵《みじん》も躊躇《ためら》いがないからである。

「ついでに言えば、新婚さんはベッドを拒んじゃいけません」

わかった、なんて殊更に甘い声で諭《さと》すように言う環は世間で新婚さんと呼ばれている人々の実態を思いきり都合よく勘違いしている。

「夜だけで我慢してあげてる僕は、かなり我慢強い新妻なんだからね？」

天下御免《てんかごめん》の新婚である以上、誰憚《はばか》ることなく一日中イチャイチャして、隙あらばベッドへ雪崩《なだれ》れ込んでいいのだと本気で思い込んでいるのだ。

「じゃ、じゃあさっきのキスは一体なんなんだよ⁉」

その恥ずかしい新婚さん定義の数々に、真っ赤になって睨んでくる心梨は今すぐ身体で愛を教えてやろうかと思うくらい環の目に可愛く映る。

その華奢な眼鏡を剥《は》ぎ取って、メチャクチャにしてやりたくなるくらいだ。

「そんなの決まってるでしょう?」

愛の確認のキスです、と平然と言ってのける環は涼しい表情の下で必死に欲望を隠している。昨夜も泣《し》かせたのに、朝っぱらから欲情《よくじょう》していたら心梨の身体が持たないからだ。そんなことで嫌われたくないと思う健気さも、確かに環の中には存在しているのである。

「だからちゃんと、お出かけのキスもしましょうね」

にこやかに微笑む環は、美しいとしか形容のしようがない美貌《びぼう》をしている。その美貌の下で卑猥なことを考えているだなんて、微塵も感じさせない清々《すがすが》しさだ。

「……環のくせに」

そんな欲望の存在に少しも気づいていない横顔が、恥ずかしそうに薄く染まるのを知るだけでグッとくる。どんなキスをしても、どんな淫《みだ》らさでベッドへ誘っても。そのたびに、まるで初めての経験をするみたいな初々《ういうい》しさで恥ずかしがる心梨の純情さがたまらない。

淫らに溺れる快楽を、残さず教えてやりたいような危ない気分に陥《おちい》るからだ。

「――――限界だ」

キュキュキュキュッ、と突然ハンドルを切って路地裏で車を停車する。その急な動作が少しも乱暴にならないあたりが、桜大路環が完璧な男と呼ばれる所以《ゆえん》なのだろう。

「どうした環⁉」

急に停まった車に驚いている心梨が状況を把握《はあく》してしまう前に、環は唐突な仕種で覆《おお》い被さってしまう。

「新妻の若さが暴走《ぼうそう》しました」

早口で告げるまま、いきなり唇を重ねてしまう環は素早い。

「……っ」

重ねた瞬間に深くなるキスに、心梨がビックリして我に返ってしまう前に甘く溶かしてしまおうという作戦だ。暴走する新妻は時と場所を選んではいけない。それが若さゆえの暴走という純情を満たすための条件だからである。

「ん、ぁ……っ」

押さえつけるように身体を重ねた助手席で、必死に身を捩る仕種にさえ興奮する。忍び込ませた舌を絡めて、軽く啜ったらビクリと心梨の肩が震えるのがわかった。

「………じっとしてて」

耳朶を噛むような仕種で甘く囁きながら、そっと律儀《りちぎ》に締められた心梨のシートベルト

を外してしまう。

「環、学校……っ」

ガクン、と倒れるシートに慌ててしがみついてくる手の甲へ真面目なキスを落とす。

「………今日は一限目に授業がないの、ちゃんと知ってるよ？」

その華奢な心梨の手首に嵌《は》められているのは、シルバーブルーのシンプルな腕時計だ。

それは卒業式の夜に、環が結婚指輪の代わりに贈った大切な宝物だ。

「でも、職員会議が」

時計の文字盤へキスを落とす仕種に、心梨の声が急に弱くなる。それが、二人にとって特別で大切な意味を持つ腕時計だからだ。

「サボっちゃおうよ」

言い訳は僕が考えてあげるから、なんて唆すみたいに悪戯っぽく囁きながら熱心に掻き口説《くど》く仕種で何度も時計へキスをする。

「だって新婚さんなんだもの、仕方がないよ」

幸せで仕方がないような表情で告げて、環はそっと心梨の唇へキスをした。

「ダーリンの愛が欲しい、――今すぐ」

だから拒んだりしないでって、ねだるみたいに。

「それとも心梨さんは、もう僕が欲しくないの？」

わざとらしいほどの拗ねた声で甘く囁いた瞬間、環の声は負けず嫌いなダーリンの唇に奪い去られてしまった。

その熱烈な、嵐のような――――キスで。


いつの間に発見していたのか、環の運転する車が移動した先にあったのは学校から少し離れた人気《ひとけ》のないＪＲの高架《こうか》下にある駐車場だった。

夏の朝でさえ少し薄暗いそこは、世間から隠れてキスするにはちょうどいい。

「……っ」

こんなふうに目を閉じてしまえば、すぐに。二人きりで世界から遭難《そうなん》したような気分になれるからだ。

「環……っ」

ゆっくりとネクタイを外されていく感覚に、ハッとしたみたいに瞼を開ける。戸惑ったような、恥じらっているような、そんな危うい表情で心梨は環を見上げた。

「大丈夫、車高が高いから誰にも見られないよ」

そんな心梨へ綺麗に微笑んで、もうすっかり盛り上がった様子で助手席へ覆い被さってくる環は余裕だ。何事にもスマートな環らしくない、四輪駆動のスポーティな車はこんな時のために選んだのかもしれないと思わせる落ち着きぶりだった。

「でも、やっぱり……っ」

どんどん脱がされていく自分に焦って、不埒《ふらち》な環の手を躊躇いがちに引き留める心梨は羞恥に逃げ出したいような表情をしている。明るいうちから、どこの誰が通りかかるかもわからない外で肌を曝《さら》してしまうことが不安なのだ。

「心配なら、バックシートへ行く？」

カーテンを閉め切った後部座席へ誘うのは、フロントガラスから覗かれないためだろう。そんな提案を環がするのは、躊躇いを捨てきれない純情な心梨のためだ。

「…………環」

もう消え入りたいような儚《はかな》げな風情《ふぜい》で環を見上げる心梨の瞳は、潤んでいる。羞恥と、熱心なキスに理性が溶けかかっているからだ。

「連れて行ってあげる………」

甘やかすような声で囁きながら、そっと環は心梨の背中を抱き寄せてしまう。その腕に何度か迷う仕種で躊躇ってから、それでも心梨はギュッと環へしがみついた。

「大好きだよ」

柔らかく笑って、そんな心梨の勇気を称《たた》えるように環はサラサラの髪へキスをしてくる。

七つも歳上の、先生な心梨を環が可愛いと思ってしまうのはこんな時だ。恥ずかしくて、本当は逃げ出したいくせに、それでも心梨は逃げたりしない。

きっと自分が本当はどうしたいか、ちゃんとわかっているから逃げられないのだ。

「よい、しょっと」

そのまま、気が変わらないうちに、とでも言うような仕種で環は心梨を後部座席へ移動させてしまう。ぐっと一瞬だけ身体を持ち上げて、そのまま後ろへずらしてしまうのだ。

「こういうのも慣性の法則って言うのかな?」

上手く心梨を運べたことが嬉しいのか、環は満足げに微笑って見せる。

「バカ、慣性の法則っていうのはな、たとえば車が動いてる時に」

急に顔を上げて生き生きと解説を始めるのは、数学フェチで物理マニアな心梨だ。

「じゃあ今度、車を運転してる時にフェルマーの法則してください」

移動する空間の中で口の中へ飛ばしてみましょう、なんてサラリと告げる環は学園創設以来のカリスマとまで呼ばれた神童のくせにロクなことを考えていない。

「飛ばす？　飛ばすって、……環っ！」

ようやくその意味がわかったのか、真っ赤になって固まってしまう心梨はフェルマーの法則の名付け親だ。その部分を唇で愛撫《あいぶ》することすら恥ずかしくて言えないから、心梨はその卑猥な行為《こうい》の名前の頭だけを取ってフェルマーの法則と呼んでいる。悔しいが不埒な環のせいで神聖な数学や物理も、今やすっかり猥褻用語《わいせつようご》扱いだった。

「ちょっと今、どんな角度で飛ぶのか興味が湧《わ》いたでしょう？」

知的好奇心をくすぐられたね、なんて可笑しそうに言って心梨を唆そうとする環は一度やると言ったら本気でやり遂《と》げそうなだけに恐ろしい。

「うるさいっ」

カーッと赤くなって怒鳴る心梨は、上手く唆されたら実験に参加してしまいそうな理系フェチな先生だった。

「いつか絶対にしましょうね」

にっこりと笑って確認する環に、思わず無意識にコクリと頷いてしまうくらいには。

「そんな先生が好きだよ」

今でも時々、甘えるみたいに『先生』と呼ぶ環が可愛くて頬が熱くなる。卒業したら、もう先生なんて呼ばないと言っていたくせに、今でも環は無意識に『先生』と呼ぶのだ。

「……環め」

思わずギュッと抱きしめてしまう心梨は、状況を簡単に忘れてしまえるという数学的な頭脳を持っている。数学者の思考は常に流動的に切り替えられていくものなのだ。

「僕の我が儘、いっぱい聞いてくれて嬉しい……」

そっと身体を重ねて、ギュッと抱きしめてくるのは環の癖《くせ》だ。どんなに無理やり身体を繋げたい時でも、環は決して乱暴にはしない。いつだって最初にちゃんと、心梨の存在を肌で確認するように抱きしめてくるのだ。

「嫌われないように、我慢するから」

だから少しだけ我が儘を聞いて欲しいなんて甘い声で囁かれたら、もうそれだけで逆う気力さえなくなってしまう。

「バカ環、……嫌いになったりしない」

まるで自分だけが片想いをしているみたいに見つめてくる環は、いつもの強気な奥さんでいる時とは別人のような切なげな表情をしている。

「おまえの我が儘ぐらい、ちゃんと聞いてやるからな？」

そんな環の不安を知っているから、こんな時には環を甘やかしたくて仕方がないような気になってしまうのだろう。

「うん、でも……本当に嫌なことは、ちゃんと言ってね？」

照れたような微笑みと一緒に環の甘いキスが落ちてくるから、少しも嫌なことだなんて心梨には思えなくなる。

環だけが、恋をしているわけではないのだ。

「嫌じゃない……」

恋愛は一人ではできないことを、もしかしたら環は知らないのだろうか。

「意地っ張りだね、僕のダーリンは頑固者《がんこ》なんだから」

困った人だね、なんて苦笑する仕種で歪《ゆが》んだ唇が耳の後ろへ触れてきて言い返すことができなくなる。はだけられたシャツの胸元からカーエアコンの冷たい空気が忍び込んできて、ゾクリと肌が震えるような感覚が走った。

「昨夜、噛んだ痕《あと》が残ってるね」

確かめるように触れた指先が、思いがけず冷たくて酷く卑猥に感じる。胸元を撫で回す環の掌で、一際冷たい感触で存在を示すのは左手に嵌められた銀色の指輪だ。片時も外すことのない指輪が与える冷たさと奇妙な質感に、はしたない声が零れそうになる。

指輪で弄《いじ》られると、まるで身体が変になったみたいに心梨は酷く感じてしまうからだ。

「緊張しないで、酷くしないから」

そんな心梨に気づいていないような仕種で、環は何度も冷たい指輪を乳首へ触れさせる。そんな環に文句が言えなくて、わざとらしい指が尖った乳首へ触れるたびに心梨はビクリと身体を竦ませた。

「…っ」

キュ、と指輪をした薬指と小指の間へ意地悪く摘《つま》まれて唇を噛む。そうしていないと、とんでもなくはしたない声を上げてしまいそうで心梨は泣きそうな気分だった。

「心梨さん、指輪……そんなに感じる？」

微かに笑ったような気配に赤くなって、けれどもう恥ずかしくて心梨は顔を上げることさえできない。押しつけるみたいにシートへ頬を埋《うず》めて、意地の悪い悪戯に快感を堪えているだけで精一杯だ。

「感じちゃうんでしょう……？」

知ってるよ、と囁く声が卑猥でゾクリと身体が震える。

「心梨さんがくれた指輪、……僕だけだって証拠《しょうこ》だから感じちゃうんだよね」

うっとりと囁く唇が、耳朶を噛む些細な仕種にさえ感じて身体中から力が抜けてしまう気がした。その卑猥な指は、まだしつこいくらい心梨の胸を弄っているだけだ。

なのに、もう痛いくらい昂っている自分が恥ずかしくてたまらない。

「駄目だよ、………足、閉じたりしないで」

グッと足を大きく割り開くみたいに身体を重ねられて、必死に隠していた心梨の秘密は呆気なく暴かれてしまう。

「もうこんなに感じちゃってるの?」

確かめるように重ね合わせた部分を、ゆっくりと擦りつけるみたいに回されて腰が砕けそうになった。環のそこが、もう硬くなって大きくなっていたからだ。

「違、う……っ」

恥ずかしくて、なのに感じてしまうから強すぎる快感を持て余してしまう。もうメチャクチャになりそうな自分を隠したくなるのは本能のせいかもしれない。

こんな自分を、環に知られたくないからだ。

「嘘、………先生のくせに嘘なんて吐いちゃダメだよ」

だって心梨さんは立派な先生なんだから、なんて言う環を睨もうとして上手くいかない。キスをする前に奪われた眼鏡のせいで、ぼんやりと視界が霞《かす》んで上手く見えないからだ。

「先生、色っぽい………可愛いよ」

急に興奮したみたいに掠れた環の声がいたたまれなくて、涙が滲んでくる。環とこんなふうになるまで誰からも可愛いとか色っぽいとか言われたことがなかったからか、心梨はこんな時にどうしていいかわからなくなってしまうのだ。

「………もう入れて欲しい？」

囁く声の、大人びた響きにドキリとする。こんな時だけ、慣れた大人のように色っぽい声で囁く環が憎らしくなりそうだ。

「先生、早く入れて…って顔に書いてあるみたい」

揶揄かうような甘い声が腹立たしくて、けれど環も酷く興奮しているのだとわかるから苛められているようには感じない。

「僕で、いっぱいにしてって言ってみて……？」

唆すような指に、指輪を擦り合わされて甘い声が零れる。痛いくらいに尖った乳首は、どんな些細な愛撫にも感じて心梨を追い詰めていく。

「や、ア……っ」

まるで環の従順《じゅうじゅん》な手下になったみたいに、気持ちと裏腹に昂る身体が心梨を裏切って素直に快楽へ従おうとするのだ。

「すぐに、入れてあげるから——言って」

ねだるような囁きと、いやらしい腰つきに直接そこを刺激されて涙が零れそうになる。

達してしまいそうな快感は、けれど辿り着くには足りなさすぎて辛い。

「………環」

必死な眼差《まなざ》しで縋るみたいに見つめたら、環は小さく笑って唇へ優しいキスをくれた。ちゃんと、その言葉が心梨にも言えるようにと唆すような仕種で。

「たま、き」

なのに言えなくて、耐えきれずにポロリと目尻から零れた涙に短い嗚咽《おえつ》が漏れてしまう。けれど環は黙って、零れた涙を舐め取ってくれるだけだ。

「………も、嫌だ」

見つめてくる視線が熱くて、昂ってしまった身体が辛くて。なのに少しも極みに行き着けないもどかしさが、余計に心梨の身体を熱くする。

「どうしても言えない？」

ほんの少し、掠れて響く声。それはどこか落胆めいていてビクリとした。もしかしたら環に嫌われてしまったのではないかと、思ったのだ。

「嘘、冗談だよ………ね、もう酷いこと言わないから泣かないで」

急に甘やかすような仕種で肩を撫でられて、ホッとするような深い安堵と同時に心梨は自分が恥ずかしくなってくる。

「………ごめんね、謝るから許してくれる？」

求められた言葉さえ言えないくせに、無意識に環から慰めて貰おうとする自分がとても狡く思えるからだ。

「おま、えは…っ？」

怒っていないか、確かめる声に環は驚いたような表情をする。

「僕がいけないんだよ、先生にいやらしいこと言わせようとするから」

それから、どこか苦笑めいた笑みを浮かべて環は心梨の額へごめんねのキスをくれた。

「嫌いになった、なんて可愛い顔で尋くのはダメだよ、僕に苛められちゃうから」

なんだか、こんなふうに手放しで甘やかすようなキスをされると環のほうが自分よりも大人な人みたいに思えて心梨は拗ねてしまいそうになる。

「おねだりもできない、恥ずかしがり屋の先生が好きだよ」

心梨の言って欲しいことを、不安になってしまう前に残らず言ってくれるからだ。

「苛めたあとで、慰めてあげるのも好き」

ごめんね、と囁く唇が無意識に顰めていた眉間へ触れて急にくすぐったいような気分になった。いつだって環はギリギリまで心梨を追い詰めて、それからふいに嫌になるくらい甘やかしてくる。心梨が、うっとりしてしまうくらい上手く。

丁寧《ていねい》なキスで心まで全部、蕩《とろ》かしてしまおうとするみたいに。

「………環」

そうして心梨は、甘い呪文《じゅもん》に掛けられたように環の背中へ腕を回して囁くのだ。

「入れて、――――いっぱいにして」

うっとりと、唇から溶けてしまいそうな甘い声で。さっきまで絶対に言えないと思っていた、環を喜ばせるための言葉を。

「先生………」

呆然と心梨を見つめたまま、環は欲望を飲み下すようにゴクリと喉を動かす。無意識に心梨を先生と呼ぶのは、きっと酷く興奮しているせいだ。

「………早くしろよ、環のくせに」

引き寄せるまま、まるで悪い遊びに誘うような甘い声で心梨は囁いてやる。

「……っ」

途端に性急になった環の指は、もどかしげな仕種で心梨のベルトを抜き取った。

「すぐに、僕で――――いっぱいにしてあげるよ」

そうして、らしくもなく荒っぽいキスとともに環は心梨の唇へ告げるのだ。

「愛してる」

その囁きだけで心が震えるような、真摯な言葉を。

狭いバックシートへ背中を沈めたまま、大きく持ち上げられた膝は待ちきれない衝動《しょうどう》にガクガクと震えている。閉めきった車内へ響くのはカーエアコンから流れる低いモーター音と、不規則な呼吸をくり返す心梨の甘い吐息だけだ。

「……指、痛くない？」

降ってくるような甘い声は、開かせた膝頭へ熱心なキスをくり返している。けれど今の心梨にはキスさえ遠くて、環の声を上手く聞き取ることができない。

「たま、き……？」

うるさいくらい高鳴る心臓の音が邪魔して、環の声が耳へ届かないからだ。

「そんな顔して、……誘ってるの？」

ふわりと微笑ったような、環から伝わる柔らかい気配。大好きな表情さえ眼鏡を外した今の心梨には見えなくて、もどかしいような焦れったい気持ちになってくる。

「環……」

心梨の肌が感じているのは、環の体温と香りだ。そうして身体の奥に感じているのは、埋め込まれた環の長い指だった。指を動かされるたびに敏感な部分へ拳の硬い骨が触れて心梨の唇からは甘い吐息だけが零れてしまう。

「…………たまき？」

その綺麗な指が、深く埋められていることさえ心梨にはわかるのに微笑む環の表情すら裸眼《らがん》では上手く捉《とら》えられないことが酷くもどかしい。

「そうだよ、…………先生の可愛い環だよ？」

環がシートの上へ身体を起こしたままでいるせいで、視力の弱い心梨には表情さえ読み取ることができないからだ。

「どうしたの、すごく可愛い顔してる」

わかっているくせに、わざとそんなふうに言う環は意地が悪い。こんな時、いつだって環は心梨が自分から求めるまで、ちゃんと抱きしめてはくれないのだ。

「環……」

手酷く焦らされているような甘い苦痛に、心梨はキュっと唇を噛んで曖昧《あいまい》な視界に映る環の輪郭《りんかく》を必死な仕種で見つめる。

「ダメだよ、ちゃんと言わなきゃ………ね？」

眼鏡さえあればはっきりと環の顔が見ることができるのに、と思うのはこんな瞬間だ。

けれど、いつも環が素早く奪い取ってしまうせいで、心梨は焦れたように環の名前を呼ぶことしかできなくなる。

「環、……早く」

早く、という言葉の続きは喉に絡んで上手く声にならない。キスして欲しいのか、ただ抱きしめて欲しいだけなのか、心梨自身にもよくわからなかった。

「……欲しい？」

囁くような声の熱さに、求められるまま何度も頷く。そうすると、それだけが正しい、唯一の答えのような気になった。

そうすると、環が嬉しそうに微笑うことを知っているせいかもしれないけれど。

「欲しい、って言ってみて？」

落ちてくるのは、ねだるような甘い声。なのに環は、心梨の中へ埋め込んだ指を揺らすだけで抱きしめてはくれないままだ。

「環…っ」

もどかしいような、酷く焦れったい気持ちでいっぱいになって必死に見つめていた環の輪郭さえぼやけてどんどん見えなくなっていく。

それが悲しくて、切なくて、縋るような仕種で真っ直ぐに環へ腕を伸ばしたら。

「ごめん、……大好きだから泣かないで」

すぐに落ちてきた甘い香りに、心梨はギュっと強く抱きしめられる瞬間を知った。

「……たま、き」

潤んだ視界が急に滲んで、環の指先が触れる感触に自分が泣いてしまったことを知る。

それでも一生懸命に環を見たら、小さなキスが頬へ触れるのがわかった。

「意地悪して、ごめんね」

シュンとしたような声が環らしくなくて、心梨は少し戸惑ってしまう。けれどやっぱり、そんな弱気さこそが心梨が一番よく知っている本物の環だと思うとくすぐったくなった。

「先生、すごく可愛い顔して見つめてくれるから……」

いつも意地悪したくなっちゃうんだ、なんて。反省《はんせい》した子供みたいに言われたら、もう怒る気になんてなれない。

「環……」

宥めるように環を強く抱きしめて、ふいに太腿へ触れた環の欲望の生々しさにビクリとする。もう何度も触れたはずの、熱い感触。それが身体の奥へ入ってくる時の熱さまで、残らず知っているのに心梨は戸惑ってしまう。

「あ、…っ」

まるで初めて愛し合うことを知った時のように狼狽《うろた》えて、まともに環を見られなくなる。それが自分に、どんな快感を与えるかを知っているから心梨は狼狽えてしまうのだ。

「先生、………最後までは嫌？」

ふいに迷うような声で尋ねられて、合わせた視線に真摯な瞳を見つけて首を傾げる。

「嫌なら、しないよ」

先生が大事だから、なんて言うくせに。どこか無理に微笑っているような、ぎこちない環の笑顔を見つけてしまうからだ。

「嫌じゃない………」

答えるための声が掠れてしまうのは、心梨のために一生懸命に無理しているような環が可愛いからで。

引き寄せる腕が甘くなってしまうのは、そんな環が好きでたまらないせいだ。

「環、………早く」

だからきっと、環が心梨のために何かを我慢する必要はどこにもない。だって心梨は、もうキスを我慢することさえできないのだから。

「先生、大好き」

すぐに応える環は、こんな時に少しもキスを惜しんだりはしない。

「可愛くて、優しくて、色っぽくて………何もかも好き」

チュ、なんてわざと音を立てて何度もするキス。くすぐったくて避けたら、待っていたみたいに唇へキスしてくるから、ドキリと心臓の音が跳ね上がる気がした。

「…………」

どちらからともなく二人して見つめ合って、そんな自分たちが急に可笑しくなってくる。思わず微笑ったら、環の唇が綺麗な形で微笑むのがわかった。

「ん、……」

そうして、ゆっくりと唇が重なってくる。僅かに吐息が触れ合った時には、もうキスは大人の唇付《くちづ》けになっていた。甘噛《あまが》みするような唇に、同じ仕種で心梨も環へキスを返す。ほんの少し開いた唇の隙間から、環の舌は静かに滑り込んできた。泥棒みたいにスルリと忍び込むキス。けれどこんな泥棒なら、いくらでも盗まれてやると心梨は思う。

「…っ」

優しいキスも、吐息まで搦《から》め取るようなキスも。全部、環とだけするものだから幸せな気持ちになれるのだ。歯の形を確かめるような舌に、誘惑されるまま舌の先を絡ませて。そっと甘く吸われるだけで、身体の芯から力が抜けていく気がした。

「あ、…っ」

不意討ちみたいに身体の奥へ埋め込まれていた指を動かされて、背中が軽く仰《の》け反《ぞ》る。無意識に締めつけた指に、弱い部分を押し上げられて途端に深くなる快感に息を詰めた。

「いい……っ……？」

囁く声が深くて、環の衝動を教えている。コクコクと頷くだけで、心梨にはもう答えることができない。少しでも唇を開いたら、とんでもない声を上げてしまいそうだからだ。

「声、我慢しないで……先生の声、すごく可愛いよ？」

宥めるような声に揶揄かわれている気がして、すぐには頷けない。

「意地っ張りなダーリンも好き」

頑なに唇を噛んだままの心梨に、環は微笑って小さなキスをした。まるで、仕方がない人だね、なんて言う時みたいに。

「声、嫌なら僕の指を噛んでいいよ」

差し出されるのは、左手だ。その薬指へ光るプラチナのリングに心梨の頬は熱くなる。大切な指輪を嵌めた指を、噛むなんてとてもできないと思うからだ。

「先生だから、特別に噛ませてあげる」

悪戯っぽく微笑う仕種に、身体の奥を指で開かれて背中を震わせる。

「先生の歯形なら、結婚指輪にふさわしいでしょう？」

その言葉に反論しようとした瞬間、環の先端が押し当てられるのを感じた。

「…っ」

反射的に差し出された環の中指を噛んで、次に訪れるだろう衝撃《しょうげき》に備える。痛いような、それでいて気持ちいいような、不可解な快感に堪えるためだ。

「ダメだよ、そんなすぐに入れてあげないんだから」

そんな心梨を嗜《たしな》めるように言って、環は無意識に寄せていた眉間へ唇で触れてきた。

「ここの――――可愛い皺がなくなるまで、入れてあげない」

ゆっくりと煽《あお》る仕種で忘れていたような股間の昂りを扱《しご》かれる。走る甘い疼《うず》きに眉を寄せて、けれどそれではいつまで経っても終わりは訪れないのだ。

「先生が、して欲しくてたまらなくなるまで」

してあげない、なんて囁いて微笑んで見せる環は狡い。自分だって本当は、したくて、早く心梨の中へ入りたくて、仕方がないくせに。

「うんとしたくなるまで、可愛がってあげるよ」

耳を噛む唇に、それだけで背骨が震えるような甘い錯覚を起こす。緩やかな愛撫をくり返される昂りは、もう溢れそうなくらい焦れている。

押し当てているだけで入ってこようとしない環の熱さに、目眩がしそうだ。

「どうしてだろう……こうしてると、先生、って呼んじゃうね」

照れたような声に、心梨は微笑むだけの余裕もなくて。焦れったいほどの熱心さで胸を撫でる右手が、憎らしいような気さえしてくる。

じわじわと追い上げるだけで、少しも決定的な刺激を与えてくれないからだ。

「心梨さんは、もうただの先生じゃなくて」

続きを求めるように環の腰へ足を絡めて、軽く引き寄せる仕種で深く繋がろうとする。

「僕の大事なダーリンなのに、可笑しいね」

けれど上手くいかなくて、焦れたみたいに環を見たら。

「こんなに僕を、………欲しがってくれるのに」

吐息みたいな声で囁いて、ゆっくりと環は心梨の上へ覆い被さってきてくれた。

「ア、……ッ」

僅かにグッと先端が深く潜り込んできたと思ったら、もうあとは止めることもできない。

環の体重が掛けられるたびに、ゆっくりと埋め込まれてしまう。

「ん、…や…っ」

大きく開いた太腿の裏へ環の体温を感じる。ギリギリまで身体を開かれて、環の熱さで奥まで埋め尽くされる。感じるのは、ドクドクと荒々しく脈打つ感覚。その鼓動が、環のものだと思うだけで酷く乱れた。

「先生、全部……入ったよ」

こんな瞬間、心梨が感じるのは鈍い痛みと甘い安堵。それから、目眩のするような強い快感の予感だけだ。

「わかる、これ……僕だよ？」

確かめるように、繋がった部分へ触れる環の指にさえ感じて涙が零れてしまう。感じていたはずの鈍い痛みは、遠くへ押しやられたみたいに快感しか感じられなくなっていた。

「たま、き…っ」

動かないままの環に焦れて、ぎこちなく自分から腰を揺らして続きをせがむ。

「や、ぁ…っ」

揺れた拍子《ひょうし》に、環が感じる部分に当たってギュッと強く締めつけてしまう。そうすると圧迫が強くなるのか、余計に環を大きく感じて身体が蕩けそうになる。埋め込まれた快楽の深さを知って、心梨は淫らに腰を揺らすことをやめられなくなってしまった。

「ぁ、ぁ…っ、んっ」

ぎこちなく腰を揺らすたびに、甘い声が零れて止められない。噛んでいたはずの環の指は、いつの間にかツンと尖っていた小さな乳首を悪戯するのに夢中だ。キュっと摘んでク

リクリ捏ね回されると、もう腰から抜けてしまいそうな快感を覚える。深く咥《くわ》え込んだ環の昂りを、啜すみたいに締めつけたまま軽く揺らしたら驚くほどの快感に身体が震えた。

「先生ったら、いつの間に……こんなに悪いこと覚えたの？」

欲情に濡れた声で囁くまま、奥を突かれて悲鳴みたいな甘い声が零れる。

「もっと腰振っていいよ、こうして……突いてあげるから」

教えるように腰を何度も揺らされて、気持ちよさと同時に激しい羞恥が込み上げた。

「い、や…っ、違う…っ」

羞恥にボロボロ涙を零しながら、それでも拙《つたな》い仕種で腰を揺らすことをやめられない。

恥ずかしいのに、身体だけが快楽に支配されたように言うことを聞いてくれないのだ。

「どうして？　気持ちいいんでしょう？」

小刻みに突き入れる仕種に、快感を受け止めきれなくて心梨はされるままになる。

「僕も気持ちいいよ、先生のここ……すごく締まる」

快楽に負けて心梨が動けなくなった途端、環は急に我慢できなくなったみたいに激しく腰を使い出した。

まるで、こうなるのを待っていたような仕種で。

「すごく柔らかくて、溶けちゃいそうなくらい熱いのに」

根元まで深く埋め込まれたまま、ゆっくりと腰を回されて快楽の在処《ありか》を押し上げられるような感覚に身悶《みもだ》えるほどの快感を覚えた。

「キュ…って締まって、ピクピクしてるよ?」

その部分の淫らさを教える声が卑猥で、消えてしまいたいほどの恥ずかしさを感じる。なのに酷く感じてしまうから、もう我慢できなくなってしまう。

「たま、き…っ」

しがみつくように首へ腕を回して、愛撫をねだる仕種で身体を擦りつける。

「………もっとして欲しいの?」

唆すような、それでいて昂奮《こうふん》しているとわかる声に何度も頷く。やっと昂りへ確かな仕種で指を絡められて、与えられる愛撫の深さに心梨はボロボロ涙を零してしまう。

「泣くくらい、気持ちいいんだ………?」

じっと心梨を見つめたまま、うっとりするほど不埒な仕種で環は腰を打ちつけてくる。動くたびに中が擦られて、環が少しでも抜け出ようとするたびに強く締めつけた。

「いいよ、もっと締めて………気持ちよくして」

陶酔《とうすい》めいた甘い声が、何かを囁くたびに頭の中が白く溶けていく。不意討ちのように襲う快感に引き摺《ず》られて何も考えられなくなるまで、きっとあともう少しだろう。

はしたないほど声を上げて、求められるまま環を締めつける。深く抉《えぐ》るように押し入る欲望の先端に感じる部分ばかり攻め立てられて息さえ上手く吐けなくなってくる。

「んっ、ゃ…っ、ぁ…あ…っ」

「狭いところでするど、昂奮するね」

環が深く腰を打ちつけてくるたびに響く濡れた音に、もう恥ずかしいのか気持ちいいのかさえも心梨にはわからない。

わかっているのは、中にいるのが環だということで。

「先生の中、いつもより蕩けてる……」

環に快感を与えているのが、自分自身だということだけだ。

「たま、き…っ、も…いく」

微かな声で告げた途端に、身体の奥へ飲み込んだ環がブルリと震えるのを感じた。ゾクゾクするような強い快感は背中を這い登って、心梨を飲み込もうとしている。

「いっていいよ、…………僕も一緒にいくから」

強引な強さで掴まれた腰骨に、はっきりとした環の衝動を感じた。打ち込まれる快感の深さに目を閉じた瞬間。

好きだと囁く環を、必死に見つめたまま心梨は快感に攫われてしまった。

学校をサボって二人きり。ＪＲも知らない秘密の駐車場でキスに溺れたのは、泣き顔のままの先生と、純情な先生を泣かせてしまった悪い元教え子だ。

「ごめんね、たくさん謝るから許してくれる？」

さっきまでやりたい放題だったくせに、もうシュンと反省しているような表情で謝っているのは、大学を前向きに休んだ一秒毎に愛を確かめたがる可愛いハニーだ。

「も、絶対、おまえの車なんか、乗らないからな…っ」

しゃくり上げながら可愛い奥さんを睨むのは、そんな表情も色っぽい学校を後ろ向きにサボらされてしまった、自称亭主関白なはずのダーリンである。

「ダメだよ、大事なダーリンを危険な満員電車になんか乗せられない」

どこでどう可愛い新妻の教育を間違ってしまったのか、最近の環はちっとも心梨の言うことを聞かない。

「こんな色っぽい顔で電車に乗るなんて、完全に犯罪だよ？」

言うことを聞かないどころか、どんな男でも強姦魔になる、なんて勝手な独断《どくだん》と偏見《へんけん》で断言《だんげん》するような奥さんになってしまっているのだ。

「お、おまえのせいだろっ⁉」

怒鳴る声さえ頼りなく掠れて力の入らない心梨は、確かに多少は旦那様としての威厳《いげん》に欠けるかもしれない。

「うん……僕のせいだね、ダーリンがこんなに色っぽくなっちゃったのは」

うっとりと幸せそうな笑みを浮かべて心梨を見つめたままアッサリと自分の非を認めてしまえる環は、やっぱりどこかが決定的に間違った奥さんだと言えるだろう。

「ちゃんと中出ししないで偉かったねって、僕のダーリンは褒《ほ》めてくれないの？」

世間一般で言うところの可愛い奥さんという定義に当て嵌まらない言動《げんどう》をくり返す環はそれでも挫《くじ》けない。挫けないというか、気にもしていないからだ。

「なっ、ななな中出しって！」

カッと可哀想なくらい赤くなって俯いてしまう純情な心梨は、基本的に中出しだのカーなんちゃらだのという卑猥な単語を使用するのに不向きなタイプだ。

「ゴム、一回分しか持ってなかったから……最後は理性の力だったよね」

うっとりと思い出したように微笑んで、さっきまでの自分を自分で褒めてしまえる環はすべてにおいて前向きなプラス思考のカリスマだった。

「環っ！」

首筋まで真っ赤になって怒るダーリンの視線を、環は甘い微笑みで受け止める。

「わかってます、これからは三回分ぐらい持ち歩くから怒らないで」

どこまでも都合《つごう》よく解釈《かいしゃく》して幸せになってしまえる環は、いっそ立派《りっぱ》だ。

「もっ、持ち歩くな！」

鬼のような形相《ぎょうそう》で怒る心梨をものともせずに、どうして先生はこんなに可愛いんだろう、と見惚れてしまえるからである。

「えっ？　もしかして先生、中出しされてもよかったの？」

驚いたように心梨を見る環の瞳は、明らかな期待に満ちている。ウッカリしていたら、このまま中出しされてしまうような状況に縺《もつ》れ込みそうなキラキラさ加減だ。

「………本当にバカだったらどうしよう」

心梨が暗い予感に打ち負かされてしまうのは、決して中出しＯＫという意味ではなく、外でやるな、ゆえに持ち歩くな、という極めて簡単な解答をカリスマな神童、桜大路環の右脳が決して導いてくれないだろうということを知っているからだ。

「大丈夫、そんな顔しなくても中で出したりしないから」

安心してね、なんて嬉しそうにキスしてくる環の笑顔が可愛くなかったら百叩きだろう。

そんな環の『安心してね』と『絶対しないから』こそが最も信用できないのだと、心梨がウッカリ忘れてしまえる程度には環の可愛い表情は効果があった。

「ダーリンのお腹に掛けちゃうのも気持ちいいから、気にしないでね？」

理性が必要だけど、なんて悪びれもせずに言ってのける環に心梨には返す言葉もない。

こんな環に何か言おうと思うだけ無駄なのだ。

「たくさん我が儘聞いてくれるダーリンが好きだよ」

この、可愛くて我が儘で所々かなり突拍子《とっぴょうし》もない素敵なハニーが。

「もうね、すごくすごく好き」

幸せそうに心梨の隣で微笑っている限り、ダーリンに文句なんてないからである。

「環……」

思わず、可愛いヤツ、なんて思ってしまうのだから手に負えない。もしかしたら心梨は自分で思うよりも、かなりの重症なのかもしれなかった。

「心梨さんは、なんて尋かないから安心していいよ？」

悪戯っぽく微笑む環は、やっぱり見惚れてしまうほど綺麗で素直に好きだと思う。

「心梨さんがどれくらい僕を好きかは、ちゃんと身体が教えてくれてるから」

ほんの少し環の言動には微妙な問題があるけれど、心梨の可愛い奥さんとしては充分にふさわしい男だと言えるだろう。

「環のくせに」

真っ赤になって俯く心梨は、学校をサボって朝から環とこんなことをしているだけでも恥ずかしくていたたまれない気分だ。もしも学校をサボった真の理由を誰かに尋かれたりしたら、そのショックで寿命《じゅみょう》が一年は縮まってしまうだろう。

「……………キスしてもいい？」

もう頬にしているくせに、わざと尋いてくる環は狡い。イエスしかない返事を、心梨が素直に答えられるわけがないのだ。

「ねぇ、心梨さん………させて？」

環は環で、甘えるみたいにキスをねだることで幸せを噛みしめているのかもしれない。環の片想いの歴史は意外に深いのだ。今のこの溢れんばかりの幸福を、どれだけ強く噛みしめても誰にも責められはしないだろう。

「やだ」

意地悪するみたいに唇を避ける心梨は、もう微笑ってしまっているから環を喜ばせる。

「ダメだよ、キスもさせてくれない意地悪なダーリンは抱っこしてあげないんだから」

もう抱きしめているくせに、膝へ乗せた心梨を揺らして見せる環は子供みたいだ。

「ね、心梨さんからキスして……？」

甘えるような深い声。ねだる仕種で身体を揺らされて、心梨は逆らえなくなる。この、甘ったれた可愛い環を自分以外の誰が甘やかしてやれるんだと思ってしまうからだ。

「環、……目ぇ閉じろ」

真っ赤になって、それでも偉そうに言ってやるのは歳上なダーリンだと心梨が自覚《じかく》しているからだ。いつもいつも、七つも歳下の元教え子にしてやられてばかりではいけない。きっと男には、ガツンとやってやらなきゃならない場面があるのだ。

「はい、ダーリン」

素直に瞼を閉じた環の、綺麗に整った美貌にドキリとする。目を開けている時の環なら見慣れているのに、こうして目を閉じた環はあまり見たことがなかった。

「…………」

朝は心梨が起きるうんと前に起きて朝食やお弁当を作っているし、夜は夜で環より先に心梨が疲れ果てて眠ってしまうからだ。けれど、なかなか眠らせてくれない可愛いと噂《うわさ》の奥さんを持つ新婚さんなのだから仕方がないと言えるだろう。

「心梨さん、早くしないと唇が風邪引いちゃうよ？」

目を閉じたまま、キスを急《せ》かすような環に苦笑する。

「目、開けたら絶交だからな」

赤く染まった頬を隠すみたいに、そっと環の唇へ触れようとした瞬間。

「！」

唐突に鳴り響いた携帯の着信音に、二人はパッと目を合わせてしまった。

「どっ、どうしよう絶対に学校からだっ！」

いまだかつて学校をサボったことのない真面目な先生は電話一つでアタフタしている。

「僕に任せて、夫の言い訳は妻がするものだよ？」

反対に、卒業生代表で卒業したはずの優秀な神童は落ち着き払っていた。環にとっては学校の一日や二日、サボらない心梨のほうがどうかしているのだ。

「環…っ」

不安げな心梨に、小さくキスをして環は微笑んで見せる。

「はい、梅園です」

平然と電話に出た環は、悪戯っぽい笑みを浮かべて安心させるように心梨へ頷いた。

「いつもうちの心梨がお世話になっております、……いえいえこちらこそ」

にこやかに応対する環に、心梨は感動を禁じえない。サボったのに、この態度。堂々として嘘一つないような曇りのない晴れやかな笑顔は、心梨には決してできない芸当《げいとう》だ。

「実は風邪を引いたようでして……ええ、学校へは先ほど連絡を入れたんですが」

スラスラと澱《よど》みなく答える環のソツのなさに安堵して、心梨はホッとしてしまう。環に任せておけば大丈夫だと判断したからだ。

「失礼ですが、――どちら様ですか？」

明らかに気分を害したとわかる、環の低くなった声にドキリとする。電話の向こうの声が聞こえないだけに、状況がわからない心梨は不安になった。

「私は梅園の家の者です、不審な者からの電話は取り次げません」

バレた、という単語がグルグルと回って心梨は軽いパニックに陥る。嘘を吐いて学校をサボったことが一度もないのだ。真面目な心梨の緊張は極限《きょくげん》まで高まっていた。

「では言葉を変えましょう」

硬い、静かに怒っているような声にドキドキしながら環を見つめる。

「僕は――心梨さんの大事な人です」

続けられた言葉に、心梨はそのまま倒れそうな強いショックを受けた。

一方的に携帯の通話を切ったあと、環は怖いくらいの無言を保っていた。

「たっ、たたた環ッ！」

反対に、ハッと恐慌《きょうこう》から気を取り戻した心梨は真っ赤になって震えている。電話で環が自分のことを『心梨さんの大事な人』と言ったことに心梨は狼狽えているのだ。

「本当のことでしょう、僕は心梨さんが大事だし、心梨さんにしてもそうだ」

何か問題でもありますか、と尋ねる環は奇妙《きみょう》なオーラを発していて心梨に文句を言わせない。いつもの甘ったれた環とは思えない冷ややかな態度は、まるで学校にいた時と同じものだ。ただ見つめられているだけで威圧感を感じるような眼差しだった。

「で、でも学校からだったんだろっ、俺はおまえのことは」

言いかけた心梨の言葉を遮《さえぎ》る環の視線は、酷く鋭い。

「秘密にしたいんでしょう、わかってます」

吐き捨てるように言った環は酷く不機嫌だった。こんな態度は普段の環なら絶対に心梨には見せない。どんなに怒っている時でも、環は穏やかに振る舞おうと努力しているのだ。

やっぱり歳下のガキだと思われたくないと、苦笑して。

いつだって心梨に気に入られようと綺麗に微笑むような男だった。

「心梨さん、………正直に言ってください」

その環が怒っているという事態に、さっきとは別の意味でドキドキしてくる。心梨には環に隠すようなことも、怒らせるようなこともないはずなのだ。

「松浦《まつうら》コーザブローというダサい名前の男は、どういう知り合いですか？」

どこまでも冷ややかに尋ねる声に、一瞬キョトンとして心梨は首を傾げる。

「まつうら？　松浦、松浦……まつうら……アッ、松浦幸三郎!?」

やっと思い出した名前に、心梨はパッと表情が明るくなった。それなら、知り合いだ。

「思い出すだけで笑顔になるような仲なんですか？」

反対に明らかにムッとしてしまった環に、違うと慌てて首を振った。

「今度赴任《ふにん》してきた物理の先生だ、俺より二つ上で専門は超伝導《ちょうでんどう》と解析《かいせき》」

笑顔になるのは、その松浦が正々堂々と答えられる記憶《きおく》に残る人物だったからである。

「……顔と身長は？」

物理と言った途端に環の機嫌がますます悪化してしまうのは、心梨が楽しく会話できてしまう人物だと容易にわかるからだ。物理と数学を出されて心梨が笑顔で会話しないはずがないのである。

「顔？　顔は……どうだったかな、えっと、その、普通……だと思う」

急に困ったような表情になる心梨とは裏腹に、その男の顔も覚えていないという事実に環は笑みを浮かべた。興味がないなら、下手に関心を与えないほうがいいのだ。

「背は……おまえより高かったような……俺より低かったような」

しどろもどろになった心梨に、もういいよといつもの笑顔を浮かべて環は微笑む。

「じゃあ、どうして顔も覚えてないような男が心梨さんの番号を知ってたのかな？」

けれどギューッと心梨を抱きしめた環の笑顔には、嫉妬という名の青筋が立っていた。

「それはあれだろ、職員名簿だ」

簡単に答えを出した心梨に、それはないと環は素早く否定する。

「家の電話番号しか載《の》ってないよ、それは僕も調べたから間違いない」

第一、心梨が携帯を持ったのは環が持たせてからだ。心梨の授業のない時間には電話でデートをしたり、いろいろと活躍《かつやく》しているのである。

「え？　じゃあなんで知ってたんだろう？」

キョトンする心梨に安心する分だけ、嫌な予感と不安が環の脳裏《のうり》へ過《よ》ぎる。心梨自身には全くそのつもりがなくても、相手には大有りだろうからだ。

少なくとも環には、わかってしまった。電話の向こうの男が抱く、邪《よこし》まな欲望が。

「心梨ちゃん」

ポツリと呟いた環に首を傾げて、ムッとする心梨は可愛い分だけ危なっかしい。

「ヘンな呼び方すんなよな、環のくせに」

それでも気づかない心梨に、普段から学校でそう呼ばれているわけではないことを知る。

「そう呼んでましたよ、――――あの男」

声が低くなるのは、忌々しい男の存在を知ってしまったからだ。容姿も性格も何もかも掴めていない、謎の男。ただわかっているのは、その男が環の大切な心梨を心梨ちゃんと呼び、なおかつ興味を引く上に会話まで弾《はず》みそうな物理男だということだ。

「どうせ冗談だろ、いるんだ、そういう理系の冗談男」

自分が卒業したあとで、そんな鬱陶《うっとう》しい男が心梨の傍へ赴任してきたのだという事実に環は悔しさを隠せない。卒業してしまった今の環の立場では学校での心梨を見守ることもできなければ邪魔な害虫《がいちゅう》を追い払ってやることもできないのだ。

こんなことなら、あと一年、と思わずにいられない。

「石に齧《かじ》りついてでも留年しておくんだった……」

思わず後悔してしまう環の苦悩の深さに、けれど心梨は気づいてもいない。

「それより環、もう学校にバレるようなこと言っちゃダメだからな！」

心梨にとっては謎の男より、環の『大事な人』発言のほうが重要で問題らしいのだ。

「先生……なんて憎たらしくて可愛くて、罪作りな人なんだ」

真っ赤になって詰め寄ってくる心梨の鈍感ぶりに、環はため息を吐きながらも見惚れてしまわずにはいられない。

こんな心梨だから、やっぱり傍にいて守ってあげなくてはと環は改めて思い直すのだ。

「環っ、ちゃんと聞いてんのか⁉」

ため息を吐く環に、真面目に聞けと唸《うな》る心梨は微妙な男心を全く理解していない。環が今どれくらい頭を使って現状《げんじょう》を打破《だは》しようとしているか、まるでわかっていないのだ。

「聞いてるよ、僕が大事なダーリンの言葉を聞き逃すはずがないでしょう？」

甘ったれたふりをして、心梨の肩へ顔を埋めてしまいながら環は決意する。

「心梨さんは誰よりも大切な人だから、僕が守ってあげるのが当然だよね？」

わざとらしいほどの可愛い声で、確認するための言葉を環は囁いた。

「おっ、俺はその…っ、あれだけどっ」

首筋をパッと染める仕種が色っぽくて目が釘づけになる。が、環の視線が釘づけになるということは、当然のごとく他の男も釘づけになるということなのだ。

そして、その視線に心梨は気づかない。つまり、見せ放題の無防備《むぼうび》な状態だった。

「…………許せない」

環の美しく澄んだ双眸《そうぼう》へメラメラと燃え上がった炎は、激しい嫉妬の業火《ごうか》だ。そして、それは同時に自分の大切な人に手を出されるかもしれないという懸念《けねん》の炎でもあった。

「怒るなよ、環」

ふいに耳元で響いた、シュンとした声にハッとして顔を上げる。

「俺じゃ頼りないかもしれないけど、………頑張《がんば》るから」

見上げた先で、ほんの少し瞳を潤ませた心梨が自分を見つめていたことに環は気づいた。

「………おまえのこと、守ってやりたい」

真っ直ぐに環を見て、決意するみたいに告げる心梨は本気の表情をしている。

「だって、俺も」

微かに震えた声は、けれど澄みきった響きで環の耳へ触れた。

「俺も、おまえのこと………好きだから」

だから守ると、告げられた時に感じた気持ちをどう言えばいいのか環にはわからない。

ただ幸せなだけではない、切なさに胸を締めつけられるような痛みに胸が苦しくなる。

それは、きっと心梨という限り環の胸に永遠に存在するのだろう。

「先生………」

ぎゅっと抱きしめた腕の中にたった一人の大切な人が、いてくれる。こんなに幸せで、何もかもが満ち足りているように思えるのに。

まるで不意討ちのように、恋は環を不安へ陥《おとし》いれる。

「僕のほうが、きっと百倍ぐらい――――先生が好きだよ」

誓いのキスのように唇付《くちつ》けたシルバーブルーの腕時計は、恋と不安の苦い味がした。


それは中学三年の夏のことだ。桜大路環は、なぜか急に今日は一日中絶対に誰とも口を利かないと決めてしまったことがある。声を出さないと決めたことに、本当は大した理由なんてなかったのかもしれない。

ただ目覚めた時に、なんとなく今日だけはいつもと同じ一日を過ごすのが嫌だと漠然《ばくぜん》と思ったのだ。けれどいつもと違う今日が訪れるためにどうすればいいのかわからなくて、その手段の一つとして、とりあえず声を出さないことに決めたような気がする。

そうして誰とも話さないと決めてしまうと、もうほんの少しでも声を出せば何もかもが失敗してしまうような気分になっていた。だからだろうか。無言で家を出て学校へ向かう時には、もう環は意地でも声を出さないと決めてしまっていた。

今にして思えば子供っぽい、どうでもいいような出来事だったと思う。けれど環はその日、本当に誰とも口を利かなかったし、授業中に指名されても黙ったまま一言も答えずに前を向いて立っているだけだった。心配する教師の言葉にも、怪訝そうな友達の言葉にも一切答えなかった環は、ただの一言も声を発することなく半日を過ごしたのだ。

誰も知らない、自分だけの決め事。けれどそれを守り通せたことに満足感を抱きながら学校を出て、家路へつく頃には奇妙な達成感さえ感じていた。

「…………」

だからその人の姿を環が見つけたのは、ほんの偶然だったのかもしれない。学校帰りに乗った気紛れな山手線。いつもは乗らないホームの反対側の車線に、ふと足が向いたのがなぜだったのかはわからない。けれどその日に限って、なぜだか酷く乗ってみたいような誘惑に環は駆られた。

夕暮れにはまだ少し早い山手線の車内は、時折唐突に生まれるシンとした穏やかな静寂《せいじゃく》に満たされている。通学時の息をするのも苦しいようなラッシュ時の車内とは、明らかに違う空気が流れている気がした。

その人の存在に環が気づいたのは、鶯谷《うぐいすだに》の駅を通り過ぎた時だ。

「…………」

大学生ぐらいだろうか。通路を挟んだ向かい側の席に腰掛けていたその人は、細い華奢な眼鏡を掛けて少し俯いていた。さっきから何を読んでいるのか、とても真剣な表情で時折難しそうに眉を顰めながら本を睨んでいる。見るからに分厚い専門書のような本に、何が書かれているのかまでは環からは見えなかった。ただ、難しそうな本なのに、時折とても幸せそうな表情ではにかんでいるのが酷く不思議で。俯いた横顔の輪郭が、同じ男のものなのにどこか儚げなのが印象的だった。

前髪を掻き上げる仕種に意味もなくドキリとして、その瞬間、なぜだか向かいの席に座る彼の存在が酷く幻想的なもののように感じたのを覚えている。

「…………」

同じ車両の中で向かい合わせに座って、一言も声を交わさないまま静かに時を過ごす。けれど環は、そんな不可思議な男の存在を無視することができなかった。

見てしまうのだ。無意識に、いつの間にか逸らしたはずの視線さえ知らない間に彼へと戻っていく。そうして見つめているうちに、その人が読んでいる本の内容まで気になってきたり、時折嬉しそうに微笑む綺麗な唇の形がやけに気になって目が離せなくなったり、ふとそんな自分に気づいて視線を逸らし、いつの間にかまた見つめてしまっている自分に小さく舌打ちしたりした。

グルグルと回り続ける山手線。それから、どれくらい駅を通り過ぎただろう。

「！」

ふいにその人は焦ったように立ち上がり、猛スピードで乗車口へ向かった。つられて腰を浮かせそうになった環は、その人がガッカリしたように元の席へ戻ろうとするのを見て自分も慌てて座り直す。なぜそうしたのか、自分でもわからない。ただ、ふと気づいたら何気ない素振りで席へ座り直し、意味もなく腕時計を見たり吊り広告を眺めたりしながら、その人の様子をひたすらに気にしている自分がいた。

「…………乗り過ごした」

ごく小さな、微かな呟きのような声にドキリとして視線を向ける。けれど次の瞬間にはもう、その人は俯き加減に照れたような苦笑いを浮かべていて、さっきと同じように本を開いたあとだった。

なんとなく感じる、ガッカリしたような気分を持て余して俯く。偶然に同じ電車へ乗り合わせただけの名前も知らない人を相手に、せっかく話しかけるチャンスだったのに、と思っている自分に環は困惑《こんわく》した。

「…………………」

どんどん暮れていく夕陽に、車内は明るいオレンジ色に染まっていく。時折、目の前を通り過ぎる乗客の陰に隠れてその人の姿が見えなくなるたびに落胆して、そんな自分に軽

い戸惑いを覚える。少しずつ混み始めた車内はうるさくて、さっきまで整然と保たれていたはずの静寂が掻き消されていくのが意味もなく腹立たしいと思った。

だからだろうか。その人との間にあるざわめきを、ふいに消したくなったのは。

「…………」

環は静かに席を立つと、不自然なくらいそっと息を潜《ひそ》めてその人の隣へ腰を下ろした。たったそれだけのことにドキドキして、馬鹿みたいに緊張している自分を誤魔化すように、その人の真似をして自分も教科書を開いてみた。

そうっと覗き見するみたいに盗み見た本は、難解《なんかい》そうな数式の羅列《られつ》で埋められている。内容を知ると、どうしてそんなに楽しそうに読んでいるのかわからない本だ。隣に並んでみて初めて、その人は中学生の自分とそんなに身長が変わらないのではないかと思った。そう思った途端に、その華奢な薄い肩も、真剣な瞳も、難解そうな本さえも、何もかもが特別で素敵なもののように思えてドキドキしたのを覚えている。

「…………」

暑かった真夏の、あの日。山手線が一周する間、二人は一言も言葉を交わさなかった。笑みを交わすこともなければ、偶然に視線を合わせることさえなかった。その人が電車を降りてしまう時も、その後ろ姿を環はただ黙って見送っただけだ。だから、ただ知らない人と通りすがっただけの、なんでもない一日だと言えるのかもしれない。

けれど、もし誰かに恋に落ちたのはいつかと問われれば環は迷わずにこう答えるだろう。

あの日乗った山手線で——鶯谷の駅を通り過ぎた瞬間です、と。

「…………」

そんな環が二度目の恋に落ちたのは、ずっと会えなかったその人を再び見つけた時だ。

新任の挨拶をするために壇上へ現れたその人は、酷く緊張した面持ちでマイクに向かった。

記憶の中と同じ、華奢な肩に気づいた瞬間にはもう胸が高鳴っていたのを覚えている。

「初めまして、新任の先生ですか？」

本当は思いきり駆け寄りたいくらいの勢いで声を掛けた環に、やっと会えた電車の人は真っ直ぐに目を見つめて、小さくはにかんでくれた。

「初めまして、今年から数学を担当することになった梅園心梨です」

スーツを着て、あの日の記憶よりほんの少し大人びた表情をした彼は、数学の教師だと緊張した面持ちで環に名乗った。

「新入生代表の桜大路環です——よろしく、心梨先生？」

その瞬間、酷く照れたように俯いた仕種が可愛くて目が離せなかったのを覚えている。

もう一度会えたことが夢みたいで、ただもう馬鹿みたいに嬉しくて。いつまでも見つめた視線を外せなかったことも、とても大切な想い出として鮮明《せんめい》に環の記憶へ焼きついたまま決して消えることはないのだろう。

そうして初恋の上へ綺麗に重ねた二度目の恋は、再会した瞬間に運命だと確信した。

「…………」

絶対に叶う、幸せな運命の恋は。四年目を過ぎた今も、変わらずに続いている。


その急な坂道の上には、小さなマンションが建っている。日当たりのいい南側の窓からは眩しいほどの光が差し込んでいて、大事なダーリンの可愛い寝顔を自称新妻でハニーな男は心行くまで見つめることができるのだ。

「先生ったら、あの頃と少しも変わらないね……」

うっとりと熟睡《じゅくすい》しているダーリンの寝顔を見つめていた桜大路環は、そっと秘密を囁くように眠る唇へ触れるだけのキスを寄せた。

「……あれから毎日、山手線に乗ってたんだよ？」

こうして寝顔へ唇付《くちづ》けるたびに、環は毎朝感じる小さな幸福を噛みしめるのだ。山手線で見つけた、名前も知らない運命の人。鶯谷の駅を通り過ぎた瞬間に環を恋へ突き落としたその人は駒込《こまごめ》の駅で見失ってしまったけれど。

高校の入学式で再会した瞬間に、運命の相手だと環に幸せな確信を与えてくれた。

「先生が僕に気づくより、もっとずっと前から好きだったんだから」

運命の恋だと思ったから、環は最初から必死だった。今度見失ってしまったら、二度と叶わないかもしれないと思ったから、もうダメだと思った時も決して諦めなかった。

七つ歳上の、同じ学校の先生。数学以外のことには興味がなくて、見つめる環の視線の意味にさえ気づいてくれなかった鈍感な人。誰よりも一番に自分を覚えて欲しかったから、わざと意地悪して、揶揄かって、優しくして、強引なキスをした。

男同士だとか、先生と生徒だとか、歳上の純情な人はたくさん迷っていたけれど。振り向いて欲しいから、ほんの少しだけ環は卑怯《ひきょう》な手を使ってしまったけれど。

「今は、初めて会った頃よりもっと先生が好きだよ」

こうして今、運命の人は環の腕の中で幸せそうに眠っていてくれるから。卑怯なくらい強引なキスも姑息《こそく》すぎる同居生活も、笑ってしまうような可愛い奥さん作戦も。きっと、そんなには間違ってはいなかったのだろう。

だって環の、――――大切な運命の恋の人は。

「ずっとずっと、先生が好き」

こんな甘いキスを、その可愛い寝顔に落とすことを許してくれるからだ。きっと環は、毎朝実感する夢みたいな幸せを素直に噛みしめていていいのだと思う。少しでも疑ったりして、本当に夢みたいに消えてしまったら怖いから。この小さな幸せが消えてしまわないように、多少強引にでも幸福な現実を実感しなければならないと決意する。

そうして環は、幸せを噛みしめるのと同時に強く誓うのだ。

「……誰にも邪魔させないからね」

努力と苦労と長い片想いの末に無理やり強引に力技で得た、この新妻という輝かしくも美味しい地位を手放すわけにはいかない。

「邪魔するヤツは、――抹殺《まっさつ》してやる」

そのためには手段は選ばないと可愛い寝顔に誓う環は、その美貌にダーリンには決して見せない不気味な笑みを浮かべた。

「…………」

幼少の頃から麗《うるわ》しい神童として華々しく名を馳《は》せ、高校時代には美貌のカリスマとして君臨《くんりん》し、そして現在は鈍感にして罪作りな数学教師、梅園心梨の可愛いハニーとして確固《かっこ》たる地位を築いている。そんな環の輝かしい人生に一点の曇りもあってはならないのだ。

首席《しゅせき》で高校を卒業したあとも心梨にさえも尊敬される大学へ入学し、籍《せき》こそ正式に入れてはいないものの晴れて心梨と甘い新婚生活を送っている今、見も知らぬ物理教師ごときにこの幸福を奪われるわけにはいかない。ゆえに環は僅かな油断《ゆだん》さえしてはならないのだ。

七つも歳上のダーリンは、とても鈍感で。

「ん…っ、………たまき？」

嫌になるくらい純情な上に、うっとりするほど可愛い罪作りな人だからだ。

「僕じゃなかったら、誰が先生にキスするって言うの？」

いつ、どこの馬の骨が心を奪われようと不思議ではない。

「ばか環、………もう先生じゃないだろ」

いや、むしろ心を奪われないほうがどうかしている。心梨の可愛らしさが目に入らないような男は、男として重要な何かが欠けているに違いないと環は確信した。

「その可愛さ、わかっててやってるの？」

うっとりと見惚れる分だけ心配が増殖《ぞうしょく》していく環は、心配性にして嫉妬深いハニーだ。

「は？」

ポカンとサクランボみたいな唇を開けて環を見上げる心梨は、そんな嫉妬深いハニーの男心がわかっていない罪作りなダーリンだと言えよう。

「環⁉」

その可愛い唇一つで、若い新妻の理性は呆気なく切れてしまうからである。

「ん…っ、や、たまき…っ」

朝の挨拶と呼ぶには生々しすぎるキスに嫌がる仕種が初々しくて、零れる声の色っぽい響きにたまらなくなる。

「…っ」

忍び込ませた舌の感覚に怯《おび》えて逃げようとする舌を、ゆっくりと貪《むさぼ》るように舐め回す。

ビクリと震えた頬を安心させるように優しく撫でて、うんと卑猥に口の中を愛撫した。

「…ゃ」

ほんの小さな呟きに笑みを零して、昂った衝動を隠すように子供みたいな軽いキスを唇の端へ落としてやる。

「た、環のくせに…っ」

そうしたら途端に可愛い文句が飛び出すから、嬉しくて環は微笑ってしまった。

「ダーリン、先生……僕の可愛い心梨さん」

そんなところがあんまり可愛くて、出てくる文句があまりにも想像どおりだからだ。もう嫌になるくらい何もかもが素敵すぎて、すべてが愛おしく思えてしまう。

「好き、大好き、……もう好き好き！」

急に気持ちが抑えきれなくなったみたいに心梨の身体をギューッと抱きしめて、心梨が聞き飽《あ》きてしまうくらい何度も好きだと告げてやる。

「バカ環、可愛いのおまえのほうだろ」

そうしたら心梨は、そんなふうに言って優しく抱きしめ返してくれた。ピンク色の頬が照れているのだとわかるだけで、やっぱり環は幸せな気持ちになってしまう。

「先生より可愛かったら宇宙征服《せいふく》できるね」

七つ歳上の、すぐに大人ぶるような憎たらしいダーリンが。

「………バカ」

歳上だなんて思えないほど、可愛く思えてしまうからである。

「心梨さん、可愛い……」

盛り上がる気持ちのまま、抱きしめていた心梨を素早く自分の身体の下へ抱き込む。

「新婚なんだから、仕方がないよね？」

にっこりと微笑む環は百戦錬磨《ひゃくせんれんま》の銀行強盗よりも心梨の視線を盗むのが上手い。麗しい笑顔へ浮かべた澄んだ美しさが、環の欲望を上手くカムフラージュしているからだ。

「た、環…っ⁉」

けれどその下半身へ漲《みなぎ》る欲望を、綺麗に収納して隠してしまうことまでは流石《さすが》の環にも上手くできそうにない。

歳下な分だけ、若さがダイレクトに身体へ現われてしまうからだ。

「なんですかダーリン？」

蕩けるような笑顔で心梨のパジャマのボタンを外していく環は、表情の清廉《せいれん》さと行動の不埒さが一致していない。

「な、なんのつもりだ？」

朝っぱらからこの展開《てんかい》はなんなんだ、という常識的な旦那様の疑問は正しいと言える。

「新婚といえば、おはようのキスでしょう？」

正しいが、暴走する新妻の不埒な手を止めることはできないのだ。

「こっ、この手はなんだ!?」

恐ろしいほどの早業でパジャマを剥ぎ取られた心梨の素肌を、うっとりと撫で回す掌の感覚に狼狽えている表情がたまらない。

「先生がくれた結婚指輪のこと？」

なんでもないように笑顔で答える環は、その狼狽《ろうばい》を知っていても下着を剥ぎ取ることになんの躊躇《ちゅうちょ》もない男だった。

「……この指輪したまま触ると、心梨さんは凄《すご》く感じちゃうんだよね」

うっとりと、極上の宝石に触れるかのように微妙なタッチで心梨の肌を辿っていく環はもうすっかりその気でいる。

「だっ、ダメだぞ!?」

ダメだからな、と環の身体の下でジタバタしている心梨は毎朝こんな不埒なことばかりしているわけにはいかないと必死の抵抗をしているつもりらしい。

「どうしてダメなんですか？」

けれど、そんな心梨の抵抗をものともせずに大きく開かせた脚の間へ素早く身体を割り込ませてしまう環に迷いはないのだ。

「朝っぱらからそんなの、ダメに決まってるだろう!?」

当然のように叫ぶ心梨の主張を、当然のように却下《きゃっか》できるだけの既成事実《きせいじじつ》が環の左手の薬指には輝いているからである。

「仕方のないダーリンだね、いい、簡単な問題だよ？」

いいですか、と真面目な表情で尋かれた心梨は、突然の話題転換についていけないのかキョトンと小さく首を傾げて見せた。

「まったくもう、そんなに可愛い顔して僕をどうしたいの？」

その不思議そうな瞳に下からじっと見上げられた環は、悔しいぐらいその表情に弱い。

「ダメだよ、そんな可愛い顔しても許してあげません」

まるで悪いことをした生徒を叱るように眉を顰めて、チュッと心梨の頬へ唇付《くちづ》けた。

「いい？　今から僕が問題を出すからちゃんと答えてくださいね」

その答え次第で、これからどうするかは決めます、と言った環に心梨も真剣な顔つきになる。昨日も環のせいで学校をズル休みしてしまったのだ。教師として二日も続けて人に言えない恥ずかしい理由で学校を休むわけにはいかない。その相手が元生徒なら、尚更だ。

「よし！　掛かってこい環っ、幾何《きか》か⁉　代数か⁉」

なんでも来い、と勝負を挑《いど》むように環を見上げる心梨は、すでに今の自分が素っ裸だという事実を都合よく忘れている。その自信に溢れているとわかる、キラキラした瞳が快感に潤んで泣き出す瞬間を想像するだけで環は危うく理性を手放しそうになった。

「恋愛の問題です」

そんな自分を抑えるようにピシャリと言い返した言葉に、心梨はウッと暗闇で嫌なものに出会ったかのような表情をした。

「では、ここからが問題」

ちゃんと答えてね、と微笑む環の笑顔には不気味な迫力がある。コクコクと頷く心梨に満足げな頷きを返して、環はおもむろに言葉を続けた。

「先生は僕に指輪をくれた、僕は先生に指輪代わりの腕時計を贈った」

卒業式の夜のことです、と確認するように言った環に心梨は狼狽えたようにカッと頬を染めながらも小さく頷いてくれる。

「さて、現在の僕たちの関係は次のうちどれでしょう？」

この指輪を見てよく考えてね、と蕩けそうな笑顔でヒントを与えるのはダーリンに正解を答えて欲しいからだ。

「A、愛を告白しあったばかりの恋人同士」

ちょっと悪戯っぽく見つめる環に、心梨は赤くなったまま小さく首を横に振る。

「可愛いからヒント付きにしちゃうね？」

にっこりと微笑んで、環は正解だと教える代わりみたいなキスをした。そんな環に首筋まで赤くして睨む心梨は眼鏡がない分だけ素直になっているのかもしれない。

「じゃあ続き、Bは密かに思い合う親友同士」

それにもフルフルと首を横に振った心梨の額にチュッと正解のキスをして、今度は少しだけ意地悪く見つめてみる。

「C、晴れて婚約をすませた同棲カップル」

その選択肢《せんたくし》に、ちょっと戸惑ったみたいに環を見つめてくる心梨は、ここで頷くべきかどうかを迷っているようだ。

「D、誰もが認める熱烈新婚のダーリンとハニー」

それをサラリと無視して問題を続けた環は意地が悪い。

「では東京都からお越しの梅園心梨さん、張り切ってお答えをどうぞ」

心梨が答えに迷っているのを知っていて、キスのヒントも与えないまま最終解答を促すからである。

「え、えっと……C？」

単純なアルファベットを答えるだけで、恥ずかしくて死んじゃいたいような表情をする心梨は罪なほど可愛い。

「熱い同棲期間は卒業式と同時に卒業しました」

なのにツンと澄ました表情で首を横にする環は、そんな答えじゃ許してあげないと強気に出るだけの根拠《こんきょ》を持っている。

「先生、僕の左手の薬指に輝いてるのは何？」

自慢げに手タレ並みに美しい左手を心梨の目の前へ翳す環は、たったそれだけの仕種に動揺する心梨の慣れなさに微笑ってしまいそうだ。

「…………指輪」

頼りない声で、やっぱり恥ずかしそうに環から視線を逸らしたまま答える心梨の頬が、ドキドキしていることを素直に教えてくれる。

「先生がくれた指輪にはダイヤが付いてないいんだけど？」

ダイヤモンドが付いていなければ婚約指輪とは認めないと、悪戯っぽく心梨を見つめた環の真意は上手く伝わったのだろうか。

「じゃ、じゃあ…………D？」

大好きな人は恥ずかしそうに声を潜めて、環の望む一番幸せな答えを返してくれた。

「正解」

嬉しくて、大好きでジタバタしたくなるような瞬間。ふわりと微笑む仕種まで、幸せに甘ったるく蕩けてしまう。もうこれ以上、絶対に我慢できないと思うほど強く。

心梨を好きでたまらなくなるのは、こんな瞬間のせいだ。

「でもDって言うだけじゃ完全解答にはならないんだから」

わっと身体中に広がっていくような、くすぐったいくらいの幸せ。そっと触れるだけのキスなんかじゃ、とても伝えきれないと思う。

「正しい答えはね、こうやって目が合うだけでキスしちゃうくらい熱々で」

だから幸せの形を確かめるみたいに、環はキスをするのだ。

「こんなふうにキスするだけで胸がキュンとしちゃうくらい、大好きで」

確かめるみたいに何度も唇を押し当てながら視線を合わせる。ぼんやりした心梨の瞳が、唇付《くちづ》けるたびにうっとりと潤んでくるから環は触れるだけのキスをやめられなくなるのだ。

「いつでもどこでも、愛してるって言いたくなるくらいラブラブのハニーと」

囁く声の甘さと、お気に入りのキスに心梨が酔ってしまうのを確かめるみたいに何度も。

「そんなハニーが可愛くてたまらないダーリンのDなんだから」

小さなキスをくり返しながら、そっと開かせた脚の奥を探る環はいけないハニーだった。

「だからダーリン、新婚さんは毎朝おはようのセッ、……痛っ！」

拒んじゃいけません、と続けるはずだった声は突然の抵抗によって遮られる。

「ばっ、バカ環！　あっ、朝からなんて絶対に嫌だからなっ⁉」

キスにうっとりしていたはずのダーリンが、不穏《ふおん》な指の動きに気づいてしまったからだ。

「どうして叩くの、いけないダーリンだね」

ほんの少し意地悪く睨んで、まるでお仕置きのように環は心梨の身体の奥へ指をグッと突き立ててやる。

「それに、新婚さんは拒んじゃダメだって忘れたの？」

昨夜もたっぷりと新妻の愛を注ぎ込まれたそこは、まだ少し柔らかい。密かに濡らしておいた指を抵抗もなく飲み込んでキュッと締めつけてくれた。

「心梨さんのここ、まだ柔らかいね………早くって、言ってるみたい」

その感触にうっとりとしながら、逸《はや》る気持ちを抑えるように環はキスを落としていく。

「たっ、たたた環っ⁉」

首筋を舐め回すみたいに舌で辿りながら、トロリとしたローションを絡めた指で心梨をゆっくりと攻め立てているだけで酷く昂奮した。

「やぁ…っ」

途端にビクリと身体を強張《こわば》らせて、痛いほど指を締めつけてくる心梨の声が甘く掠れる。その表情に苦痛よりも快感のほうが強く浮かび上がって見えるから、嫌がる言葉と裏腹に酷く求められているような気にさえなった。

「たま、き…っ」

その表情に潜む、快楽の存在に気づくだけで堪えきれないほどの衝動が込み上げてくる。凶暴なほどの欲望に環が逆らいきれなくなるのは、もう時間の問題だった。

「ダメだよダーリン、もう少し慣らしてからでなきゃ………ね？」

宥めるみたいに小さなキスをいくつも肌へ落として、性急な仕種で心梨の身体に快感を植えつけていくだけで環の我慢は少しずつ利かなくなっていく。

「や…っ、いや、環…っ」

嫌がる仕種と目尻に滲んだ涙さえ、どうしようもなく甘く感じてたまらない。無意識に煽る仕種が、酷く淫らなもののように感じて馬鹿みたいに昂った。

「あ…、ぁ…っ」

緩慢《かんまん》な仕種で首を横に振りながら、それでももう心梨から抵抗の意思が消えかけていることを環は知る。

「ダーリンったら、どうしてもすぐに欲しいの？」

まだ六時だよ、ゆっくりしても遅刻しないから大丈夫、なんて甘ったるい声で囁く環に迷いは初めからない。朝の六時から身体で愛を確かめ合うことに、なんの迷いもなければ躊躇いも抵抗もない男なのだ。

「ちっ、ちが…っ、………環！」

慌てて否定しようとする心梨の、抵抗が形になってしまう前に。

「大丈夫、焦らしたり意地悪したりしないから………ね？」

溶け出しそうな甘い声でキスをして、ゆっくりと心梨の中へ押し入ってしまう。

「つた、痛い…っ、環、いや…っ」

ジワリと心梨の目尻へ浮かんだ涙を掬《すく》い取るようにキスを寄せながら、グッと深く腰を突き入れる環は鬼だ。

「大丈夫、すぐに気持ちよくなるから」

蕩けるような笑顔で微笑む環は、今朝も甘い新妻の地位に酔い痴《し》れていた。

時刻は朝の八時十分。今朝も六時前から可愛い新妻に起こされて、無理やりに愛の確認作業へ突入されていた心梨はすでにグッタリとしていた。

「………環のくせに」

その新妻が運転する車の助手席に乗せられて勤務先の学校へ向かう心梨の横顔には身も心も奪い尽くされたような疲労感が色濃く漂《ただよ》っている。

「ごめんね、しつこくしないって言ったのに疲れさせせちゃったよね」

殊勝《しゅしょう》に言って可愛く首を傾げて見せるのは、見事なハンドル捌《さば》きを持つ自称新妻な男、欲望全開の我が儘環だ。

「でも仕方がないよね、心梨さんの中、凄いんだもん」

その表情と声がウキウキしていることが、そこはかとなく憎らしい。時々本気で精気を吸い取られているのではないかと疑いたくなるほど環は元気なのだ。

「朝から二回もしちゃったけど、若いんだからしょうがないよね？」

なんたって新婚さんだから、という究極の決め台詞にもはや心梨はぐうの音《ね》も出ない。

「先生からのプロポーズ、僕は一生忘れないからね」

可愛いのか執念《しゅうねん》深いのかわからない台詞が、恐ろしいことに紛れもない事実だからだ。

「あれあれ？　ダーリンから可愛いハニーに熱い愛の言葉はないの？」

わざとらしく左手を心梨の前にチラつかせる環は悪魔だ。

「今日も可愛いねとか、環を誰よりも愛してるよとか、いろいろあるでしょう？」

そのスラリとした薬指に燦然《さんぜん》と輝くプラチナの指輪がある限り、心梨は印籠《いんろう》を出された悪代官《あくだいかん》のように黙り込むしかない。

「……環、前向いて運転しろ」

ぶっきらぼうに言って俯く心梨は、ワーッと叫びながらこのまま逃げ出してしまいたいような恥ずかしい気分を味わっている。

「照れ屋なダーリンも好きだよ」

指輪が輝く環の左手が、愛しげに心梨の右手をキュッと握りしめてくるからだ。

「すぐに恥ずかしがるところも、素直に僕を好きだって言えないところも」

逃げ出したいくらい恥ずかしいのは本当なのに、心梨は身じろぐことさえできない。

「もう可愛くて、大好きで食べちゃいたいくらい愛してるんだから」

握られた環の手を振り解かないどころか、その薬指に嵌められた指輪の硬い感触を指で確かめるたびに心梨は安心してしまったりするのだ。

「ちゃんと僕に愛されてるって、わかっててくれなきゃダメだよ？」

贈った指輪が、ただ環の薬指に嵌められているというだけで。根拠もなく環の全部が、自分のものだと素直に思い込むことさえ許されているような気がした。

「僕は心梨さんだけのものだし、心梨さんは僕だけのものなんだから」

いいね、なんて尋ねる声が甘くてたまらない。ミラー越しに投げられる視線から溢れるくらいの愛情を感じて、息苦しいくらいだ。

「………そうかよ」

こんなふうに見つめられることさえ本当は嬉しいだなんて、心梨にはとても言えそうにない。俺もだ、なんて言葉はもっと言えそうになかった。

だから心梨は真っ赤になって、ただ俯いているしかないのだろう。

「そうだよ」

幸せそうに微笑む環の、左手にある指輪の感覚を確かめるみたいに何度も指先で弄って確かめる。ちゃんと伝えられない言葉の代わりみたいに、何度も。

「……環？」

ゆっくりと速度が落とされた赤信号の交差点。停まった瞬間に、そっと持ち上げられた手に心梨の左手首は掴まれる。

その長い指が、確かめるように触れたのはシルバーブルーの腕時計だ。

「…っ」

それは卒業式の夜に、環がくれた指輪代わりの大切なプレゼントだった。

「…………」

じっと心梨の瞳を見つめたまま、環は神聖な誓いのように時計へキスをする。ドキリと音を立て始めた心臓の音がうるさくて、たったそれだけの他愛のない仕種に泣きたくなるくらい胸が騒いでしまう。

「……心梨さんの真似しちゃった」

そっと心梨の時計へ唇付《くちづ》けた唇が、そのまま自分の指輪にキスをして見せる。

「残念、時間切れ」

青になっちゃった、という言葉に車は動き出したけれど心臓は少しも静かにならない。

「バカ環」

呟くのは、心梨が指輪の感触を確かめていた意味を環がちゃんと知っていたからだ。

「…………環のくせに、生意気だ」

涙が滲んでしまうのは、そんなことが馬鹿みたいに嬉しいせいかもしれない。自分より七つも歳下で、この間まで生徒だったくせに。

時々環は、まるで歳上の大人みたいに心梨の心を上手く読み取ってしまうのだ。

「その生意気な環が可愛くて仕方ないくせに」

悔しいくらい綺麗な笑顔に見惚れて視線が外せなくなる。心梨の視線ごと、環は一瞬で心を全部奪って去ってしまう気がした。

「意地なんて張ってもダメだよ、もういい加減に諦めてくれなくちゃ」

ほんの少し唇の端を上げて微笑う、そんな唇の動きにさえドキドキする。

「先生がどれくらい僕を好きなのか、もう僕は全部知ってるんだから」

その視線の優しさに、安堵してしまうだなんて可笑しいだろうか。

「どんなに隠そうとしても、先生の指が僕を好きだって教えてるからね」

ギュッと握り返される指の強さまで、わけもなく環の全部が好きだと素直に思った。

「指輪なんか探さなくても大丈夫だよ」

ふいに出会った視線に、ありったけの愛しさを注ぎ込まれていることを知る。

「僕はもう、全部あなたのものだから」

目指す学校の門は、もうすぐそこまで来ている。けれど繋いだ手を離したくないから、サイドブレーキを引く環の手には気づかないふりをした。

「先生は安心して、ずっと僕だけに夢中になっててね」

時計の針が刻む音も少しだけ忘れることにして、見つめる瞳に見惚れてしまう。

「僕はずっと、あなただけに夢中だって断言できるよ」

そっと落ちてくる唇に瞼を閉じてしまえは、ふわりと環の香りに包み込まれていた。


遅刻寸前にダッシュで駆け込んだ職員室は、朝のざわめきに包まれていた。こっそりと時計を確かめて、職員会議にギリギリ間に合うことを確かめるとホッと息を吐く。慌てて校庭を全力疾走したせいで軽く息が乱れていることを誰にも悟られないよう緊張しながら自分の席に着いた心梨は、ギュッと左手の腕時計を握りしめた。

「………環め」

思い出すだけで赤くなってしまうのは、その時計に何度もキスをした環の唇の動きまで蘇《よみがえ》ってきてしまうせいだ。

浮気しないでね、なんて馬鹿なことを言いながら何度もキスをした環を思い出すだけでドキドキしてしまう自分が恨めしい。こんなことを毎日していたら絶対そのうちに学校をクビになりそうだと思うのに、どうしても拒めない不可思議な自分がいるからだ。正確には拒んでいるのに毎回のように無駄な抵抗に終わっているだけだとも言える。

「…………」

いや、拒みきれない自分自身も問題だが、本当に問題なのは環だと心梨は思い直した。だって心梨が拒みきれなくなるのは、環のせいなのだ。

おはようのキスから始まって、恋人のキスに行ってらっしゃいのキスと不意討ちのキス。朝だけでも、家を出るまでに何度キスすれば気がすむのかわからないほどのキスの嵐だ。おまけに家に帰れば帰ったで、その数はネズミ算式に膨《ふく》れ上がる。休みの日は悪徳金融の取り立てでもそこまではしないだろうと思うほどの執拗《しつよう》さで心梨に付き纏ってくるのだ。

『一日中ずっと一緒にいられるのは一週間ぶりだから、離れないことにしましょう』

という環憲法によって休みの日には数えきれないほどキスをして、一瞬も離れることができない。絶えず環は心梨に付き纏って身体の一部を触れ合わせているのだ。

それに文句を言ったり嫌がったりするたびに、環は平然と言ってのける。

『だって僕たち、新婚なんだよ？』

これくらい当たり前でしょう、とさもそれが世界の常識かのようにサラリと言う環には迂闊《うかつ》に言い返せないだけの何かがあった。

『それに、世間一般の新婚さんより僕はずっと我慢してるんだからね？』

なんていかにも残念そうに、かつ控え目な態度で言われると、なんとなく自分のほうが悪いような気がしてきてしまうのは騙されているのだろうか。

『たったこれだけで我慢してるなんて知ったら、きっと皆に同情されるよ』

とまで悲しげに言われてしまうと、「そうかな？」という気がしてくる上に「無理に我慢させて環に可哀想なことしてるのかも」という気にまでなってくるから不思議だ。これが神童にしてカリスマと呼ばれた男の神髄《しんずい》なのだろうか。

『愛してるから新婚さんだけど、今夜は先生のために我慢してあげるね』

なんて偉そうに言われて感謝までしてしまった心梨は、世間知らずな数学教師だった。

その言葉が出るまでに三度も環の好き放題にされているからである。

「…………環め」

すっかり環の新婚マジックと環憲法にハマっている自分に気づいていない心梨は新妻の

策略《さくりゃく》に嵌められている自称亭主関白なダーリンだった。

「…………」

自分のどの辺が亭主関白なんだろう、という一瞬の空《むな》しい疑問を、いや俺は命令口調で喋《しゃべ》ってるしな、環は自分で可愛い奥さんだって主張してるし、文句も言わずに家事もしてくれてるし、と強引に打ち消す心梨は健気だ。旦那様という輝かしい地位に内心では首を傾げていても、自分のほうが歳上だという見栄《みえ》とプライドのために耐えているのである。

「……平日平均の挨拶が十七回として、それに軽いのと本気のが入ると」

思わずメモに式を書いてキスの平均回数と発生頻度《はっせいひんど》を計算し始めてしまう心梨は、数学マニアらしい現実逃避《とうひ》に走っていた。

「おお⁉」

しかしそこに現われた驚愕《きょうがく》の数字に、心梨は仰《の》け反ってしまう。

「ま、まさかこれは……っ」

電卓を叩く心梨の手が光速の動きを見せる。叩き出した驚愕の数字に改めて驚き、呆然とするのは、どう考えても地球では一日二十四時間しかないからだ。

「ほ、ほぼ一分二十七秒に一回してる……！」

心梨の計算によると、環と自分が一緒にいない時間は平日平均九時間と四十八分。それ以外は互いのトイレタイム以外ほぼ全部と言っていいほどベッタリくっついていたのだ。

「…………なんてこった」

新婚だからという印籠のような一言で、食べさせっこはもちろん、風呂さえも強制的に環と一緒だ。眠る時も意識を失う寸前まで攻め立てられているし、意識が残っている時は眠る寸前までイチャイチャとくっつかれ、朝目が覚めた時にはすでに当然のように力一杯ギューギューに抱きしめられてキスされているのである。

「世間の新婚は凄いな…………」

疲れ切ったため息を吐く心梨の周りには新婚という名の知り合いが一人としていない。だから環の言葉をウッカリ真に受けて、これでも自分は軽くして貰っているのだと釈然《しゃくぜん》としないながらも信じてしまっているところがあるのだ。

澄ました表情で、当然のように新婚なんだから常識だよ、なんて言われると常識に疎《うと》い心梨はそうなのかな、と思ってしまうからだ。

「…………」

けれど、もうそろそろ環の言う『新婚生活』も三ヵ月を過ぎようとしている。世間ではどうなのか心梨には知る由《よし》もないが、その何をしてもいい期間が一向に終わりそうにない気がするどころか、新婚の内容が濃くなっているような気がするのはなぜだろう。最初はおはようのキスだけだったはずの朝の挨拶が、最近では当然のようにおはようのセックスにまで発展《はってん》している。これ以上発展したら、どうなるのか想像もできない事態だった。

「………俺、大丈夫かな」

そのうち干《ひ》からびるんじゃないか、と半《なか》ば本気で深い苦悩のため息を吐いた心梨は。

「何が大丈夫なんですか？」

ふっと耳元へ吹きかけられた吐息と、楽しげな声の登場にビクリと肩を跳ね上げた。

「いっ、息を吹きかけないでください！」

思わず涙目になりながら耳元を押さえた心梨に、ますます嬉しそうに笑みを深めたのは古典を教える深草《ふかくさ》だ。心梨の同僚《どうりょう》である。

「ああ、その泣き出しそうな表情………また一句浮かんでしまいました」

サッと素早く背広の内ポケットから短冊と筆ペンを取り出す深草に、いりませんと必死に仕種で拒否しようと考えるだけ無駄だ。

「マイスイート小町、あなたに捧《ささ》げる歌です」

耳元で〜、と自信たっぷりに和歌を詠み始めた歩く古典ワールドの暴走を体力を消耗《しょうもう》しきった今の心梨に止められるはずもないからである。

「…………………」

朗々《ろうろう》と歌を詠み上げる深草を呆然と眺めながら、もうダメだ、また環に浮気だ不倫だと拗ねられて大変な目に遭《あ》うんだ、という諦めの境地《きょうち》に至りかけていた時。

「梅園先生、地球の公転軌道《こうてんきどう》と時間軸について、ご意見よろしいですか？」

突然、深草の和歌を遮るように背後から現われたのは新任の物理教師だ。その長身に、心梨は思わず縋るような視線を向けてしまっていた。

「物理学的に考えれば時間に対する可逆性《かぎゃくせい》があるわけですが、数学的には」

背後で短冊を握りしめている深草を無視するようにペラペラと数字の羅列を喋り始めたのは、今年から物理の担当として赴任してきた松浦幸三郎だ。

「松浦先生、私の歌詠みの儀式《ぎしき》を邪魔するとは何事ですか？」

邪魔された屈辱《くつじょく》に震える深草の憤《いきどお》りを、ものともしないで心梨へ差し出していたメモを深草の前へ突き付ける松浦は深草攻撃のツボを突いている。

「ああ、深草先生も興味があるならご一緒にどうぞ」

おはようございます、と今さらな挨拶を続けて理系マニアな人間にしかわからない話を振ってやる松浦は、そのワイルドな容姿に見合うだけの性格の悪さを持っていた。

「ケプラーの理論なんですが、梅園先生に数学者としての意見も聞きたいと思ってね」

ごく初歩の万有引力《ばんゆういんりょく》の法則で説明できるんですが、と続けられた言葉に深草の頬が目に見えるほど引き攣《つ》ることを知っているからである。

「こっ、小町！　持病《じびょう》の癪《しゃく》が出たので逢瀬《おうせ》の続きは後ほど！」

慌てたように駆け去っていく深草の足取りは見事な飛び六方《ろっぽう》だ。片脚だけでトットットと去っていく根性は素晴らしい。

「………またケンケンで」

その後ろ姿を呆然と見送った心梨は、持病のシャクってなんだろう、とまた飛び出した謎の深草語に首を傾げていた。

「上手く行きましたね」

数学マニアの心梨が古典な深草にアレルギーを起こすのと同じか、それ以上に強く深草は物理アレルギーを持っているらしい。赴任三ヵ月にして、素早くそれに気づいた松浦を心梨は尊敬の眼差しで見上げた。

「あ、ありがとうございます、俺…っ…」

これで環に拗ねられなくてすむ、と思わぬ安堵に涙を滲ませかけた心梨は。

「いいえ、自分のためにしたことですから」

にっこりと微笑んだ松浦の笑顔に、ふと胸を掠める小さな不安のようなものを感じた。

何か、言葉では言い表せないような奇妙な違和感を松浦から覚えたのだ。

これとよく似た感覚を覚えたことが、以前にもあったような————。

「やっぱり理系は理系同士、仲良くしたいですからね」

けれど心梨の中で湧き上がった違和感を探る作業は、完結する前に呆気なく途絶えた。

「俺としては、心梨ちゃんと個人的に仲良くやっていきたいわけよ」

ゾクリとするような深い声を心梨の耳元で響かせた松浦の、初めて見せるようなニヤリと悪そうに笑う仕種に首を傾げる。

そうして頭の中を飛び交う疑問符の嵐に、心梨は考えることを放棄《ほうき》してしまった。


受け持ちの授業がない四時限目の数学準備室で、ぼんやりと温《ぬる》いコーヒーを啜りながら心梨は大きなため息を吐いた。いつもなら空き時間を持て余すだけのブレイクタイムが、今日ほど平和に感じた日はない。

思えば今日は、朝から大変な一日だった。

「…………環め」

朝っぱらから若い新妻は亭主の都合も考えずに暴走し、いつものように通勤の電車には乗り遅れ、今日も奥さんのマイカーで通勤する羽目《はめ》になった上に、学校へ着くまでに数えきれないほどのキス攻撃に遭ってしまった。

ようやく辿り着いた職場では古典教師から愛の和歌を詠まれそうになり、それを途中で阻止《そし》してくれた救世主《きゅうせいしゅ》のような物理教師はなんだか不穏な気配を発しているのだ。おまけに今朝の和歌阻止事件以来、なぜか二人して休み時間ごとに心梨のいる数学準備室へ押しかけてきてはわけのわからない論争をして勝手に帰って行くのだ。

「一体なんだったんだろう……」

もしかして松浦先生は深草先生と仲がいいのか、と首を傾げる心梨は二人の息が合った行動の一致性にそんな呑気《のんき》な結論を下していた。どこまでも鈍感で世間の常識からズレている心梨らしい結論だと言えるだろう。

けれど今の心梨には、そんな二人の謎めいた行動に気を取られている暇はないのだ。

「反省文でも書くか、……校長先生もキレそうだったしな」

とうとう今朝、究極の上司である校長に呼び出されてしまったからである。

「……ええっと、わたくし梅園心梨は」

昨日は若くて可愛い新妻に離してもらえなくなったという最低な理由で欠勤し、今朝は今朝で遅刻ギリギリの時間に出勤したくせに職員会議が始まっていることにも気づかずにキスの平均回数を割り出す計算作業に没頭《ぼっとう》してしまっていたのだ。

「…………」

いくら温厚《おんこう》な校長といえども、そんな数学教師へ厳重《げんじゅう》注意をせずにはいられないだろう。

口頭《こうとう》注意と反省文だけですませてくれたこと自体が校長の温厚さを示していると言える。

「ぶ、文章が思いつかないっ！」

しかし、それは書き出しの一行目で反省文に詰まってしまう理系頭脳な心梨にとって、悪魔の制裁《せいさい》にも等しい厳罰《げんばつ》だった。

自慢ではないが心梨は事実を淡々と羅列するだけの、すべての文章の語尾《ごび》が「〜だった」だという悪い作文の見本のような文章しか書いたことがないのだ。そんな心梨にとって、ここ三ヵ月に及ぶ常時遅刻気味な生活の理由や昨日から今朝にかけての出来事についての反省など書けるはずもないのである。

「…………どうしよう」

悩む心梨が脳内ウィンドウズで作成した反省文はこうだ。

『朝起きました。妻とキスしました。新妻は若いので盛り上がりました。発展しました。やめろと言えませんでした。昨日は学校を休みました。今日は遅刻しそうになりました。職員会議も聞いてませんでした。すみませんでした。反省しています』

頭の中でシミュレートした作文の微妙な正直さ加減に、心梨はため息を吐いた。見事なまでに理系な文章だ。小学生時代に書いた遠足の作文から心梨の文章作成能力は成長していないらしい。

「どう考えても三行で終わってしまう………」

三行で終わってしまう上に、この内容。このまま提出したら速攻でクビにされそうだということだけは心梨にもわかるが、かといって提出しないのもそれはそれで非常にマズイ。けれど、本当にそれ以外に書くことがないのだ。どう考えても心梨には思い浮かばない。あとは微《び》に入り細《さい》に入り丁寧に新妻との生活を書くしかないのではないかという気がしてくるぐらい、心梨には提出すべき反省文に書くことが思いつかなかった。

「………いっそ深草先生に」

頼ってしまおうか、と考える心梨は今の自分の心理状態を精神物理学的な数式で完璧に表わしてしまえる男だった。

「ハッ！　無意識に式が………！」

知らないうちに心梨の手が計算していたのは、仮に深草へ反省文の製作を頼んだ場合に詠まれる和歌の量と精神的苦痛の大きさ、それが環にバレた場合の体力の消耗《しょうもう》度、そして反省文を自分でやり遂げた場合にかかる所要時間と完成までに感じるだろう苦痛の度合い

の比較《ひかく》だった。

「…………」

カチャカチャカチャッ！　いきなり電卓を光速で叩き出した心梨は、真剣な顔つきだ。

この計算の果てには心梨の教師生活が懸《か》かっているのだ。教師生活が懸かっているという
ことは、すなわち生意気な歳下の奥さんを男として夫として養っていけるかどうかという
究極の命題《めいだい》でもあるのである。

「フッ、やっぱりここは深草先生に…………」

頼るしかないようだな、と心梨が眼鏡をキラリと光らせた瞬間。

「――――深草先生がどうかしましたか？」

いきなり背後から降ってきた不穏すぎる声の登場に、心梨はギョッとしてしまった。

「先生、返答次第では今すぐ早退して貰いますよ？」

なんなら退職して貰っても構わない、と高慢《こうまん》な仁王立《におうだ》ちのポーズのまま心梨を不気味に
見下ろしているのが、今朝は可愛く微笑っていたはずの自称奥さんな男だったからだ。

「それとも――――僕が納得する答えを出すまで、身体に尋いてあげましょうか」

クルッと椅子ごと後ろを振り向かされて、逃げられないように両方の肘掛けをガシッと
掴まれた心梨は突然の展開に驚きすぎて声も出ない。

「声が出ないなら、出るようにしてあげてもいいんですよ？」

一気に低くなった声にブンブンと首を振りながら心梨は椅子の背凭《せもた》れへ仰け反る。環が壮絶《そうぜつ》なまでに迫力のあるオーラを醸《かも》し出していたからだ。

「たつ、環、おまえ卒業したんじゃなかったのか⁉」

ハッと気づいたように叫んだ心梨に、環は眉を器用に持ち上げて答える。

「卒業生が自分の母校へ遊びにきて何が悪いんです？」

悪い理由があるなら言ってみろ、と言わんばかりにギラリと睨まれた心梨は今の状況を把握《はあく》しきれないままフルフルと首を振った。

「それに、僕は先生の妻だ」

異存《いぞん》はないね、と尋ねるようにジロリと投げられた視線にもコクコクと頷くしかない。異存も何も、環の言うとおりだからだ。

「では改めて僕を妻だと認めた先生に質問しましょう」

今朝もその事実の重さを身をもって実感させられたばかりである。たかが数時間で覆《くつがえ》る程度の事実関係なら、心梨だってこんなに悩んだりはしなかっただろう。

「妻が夫の職場へやって来ることに、何か不都合でも？」

あるなら言ってみろ、と告げる冷酷《れいこく》さと傲慢《ごうまん》に見下ろしてくる視線の鋭さが恐ろしい。

「じゃあ不倫に走ろうとした理由を、四百字以内で完結に述べてください」

嫉妬に駆られた環は、普段の可愛い態度が嘘のように鬼畜《きちく》な行動に出るからだ。

「可愛い新妻を差し置いて、古典バカにおねだりしようとした理由は？」

答えによっては容赦《ようしゃ》しない、という言葉に固まっていた心梨はハッとした。何か、その『おねだり』というのが心梨の考えていたことと激しく種類の違うものに思えたからだ。

「ちっ、違うぞ⁉」

違うからな、と必死に環を見上げる心梨は突然の事態に動転《どうてん》しているせいか何が違うのかを正確に伝えることができない。

「だったら何が、『やっぱり深草先生に……』なんですか？」

尋ねる環の目は完全に笑っていない。心梨自身にも伝えられない真実を、いくら環でも表情だけで読み取ることができるはずもないのだ。

「環……」

ちゃんと言葉にして伝えなければいけないことはわかっているのに、言葉にしなくても環にはわかって欲しいと思ってしまうのも事実だった。

それ以上に、環に疑われていることが悲しくてたまらなくなった。

「……先生？」

ただの誤解だと言ってしまえば、きっとそれまでのことだ。心梨のほうが環より七つも歳上なのだから、可愛い嫉妬だと大人として笑って受け流してやるべきなのだろう。

「…………」

けれど今朝、環とキスをした。そっと手を繋いで、ほんの少し視線を合わせただけで夢みたいに幸せな気分になれたのだ。

「も、いい」

なのに、ほんの数時間が過ぎた今もう心梨は環から浮気を疑われている。少しも自分の気持ちが環に伝わっていなかったことを教えられたようで、ふいにやり切れなくなった。

今朝までは確かに感じていたはずの、優しくて幸せな気持ちまで台無しにされてしまったような気分になってくるのは被害妄想《ひがいもうそう》かもしれない。

けれど、すぐに疑われてしまうくらい環に信用されていない自分が悲しかった。

「……環なんか、もう嫌いだ」

俯いた途端に涙は零れ落ちてパタパタと膝を濡らしてしまう。我慢するようにギュッと握った掌は力が入りすぎていたけれど、もう自分で解くだけの余裕もなかった。

「先生？」

慌てたような環の声に、顔を上げることさえできないまま深く俯く。曇り始めた眼鏡のレンズ越しにズボンの皺《しわ》を睨みつけた。そうしていないと、もっと涙が出てしまいそうで。

環の前で声を上げて泣いてしまうのは嫌だから、じっとズボンを睨んで堪えるのだ。

「先生、違うよ？」

そうじゃないんだ、なんて困ったように言われても何が違うのか心梨にはわからない。

たぶん今、環の顔を見たら、きっともっと泣いてしまうから。心梨には伏せた顔を上げることさえできないままだ。

「先生、………お願いだから」

そっと伸びてきた指に、眼鏡を優しく奪い取られて頬が震える。曇っていた視界は涙で滲んで、ズボンの皺を捉えることさえできない。

「僕がいるのに、――一人で泣こうとしないで」

そっと抱き寄せられる腕に、押し当てられた環の胸が温かくて涙が零れてしまう。声も出せないのに涙だけがたくさん溢れてしまうのは、もう嫌いだと言ったのに、抱きしめる環の手があんまり優しいからだ。

「………我慢しないで、声出していいよ」

誰も聞いてないから、という低い声にさえ答えないまま心梨は一生懸命に涙を堪える。

環のせいで泣いてしまったのに、環に慰められてもっと泣くなんて絶対に嫌だった。

だって環は、酷く矛盾《むじゅん》している。

「ちゃんと泣いちゃわないと喉が痛くなるよ？」

心梨が泣くと困ったみたいに狼狽えてみせるくせに、いつだって環は喜んでいるみたいに慰める声が甘くなるからだ。

「だから、ね、………我慢しないで僕に声を聞かせて欲しい」

まるで嬉しがっているような声の響きが悔しくて、環の胸元へ埋めていた顔を上げるとキッと精一杯怖く見えるように睨んでやる。

「………………」

なのに、そっと頬へ触れた環の唇が、ごめんねって動くのがわかってしまうから悔しい。

たったそれだけのことに気づくだけで、急に我慢できなくなったみたいに胸が痛くなって意地比べみたいに環の肩をギュッと握ったまま心梨は涙を堪えるのだ。

「ふ、…う…っ」

けれど、そっと労《いたわ》るような仕種で背中を撫でられた途端に、精一杯に作ったはずの怖い表情はクシャクシャに崩れてしまった。

「………我慢させてごめんね」

額へ唇《くちづ》付けられる感触に、もっと我慢できなくなって嗚咽《おえつ》が零れてしまう。環を責めるみたいにボロボロと零れる涙を心梨は堪えることができなくなった。

「もっと早く、ちゃんと抱きしめてあげればよかった」

ごめんね、なんて謝る声に子供みたいにあやされているようで悔しいのに胸が詰まる。

そうして深く抱きしめられたまま、優しく身体を揺すられて嗚咽を漏らしてしまった。

「いっぱい泣いていいよ、ずっとこうしててあげるから」

促すように耳元へキスされる感覚に、小さな声が零れていく。一つしゃくり上げたら、あとはもう我慢できないみたいに心梨は声を上げて泣いてしまった。

「疑うようなこと言って、傷つけて――ごめんね」

ゆらゆら揺れる、優しい身体の振動と一緒に後悔でいっぱいの声が心の中へ降ってくるみたいに柔らかく心梨の耳へ触れる。

「余裕のない歳下の男は嫌い？」

そんなわけがないと知っているくせに、わざとそんなふうに尋ねる環は狡い。環自身、本気で自分をそんなふうに思っているわけもないから、答えてやる必要はないのだ。

「疑って、ヤキモチ焼いてばっかりで、……子供だと自分でも思うよ」

いつだって環は歳上の男みたいに振る舞って、自分を可愛い奥さんだと言い張るくせに心梨を子供扱いしようとするような勝手な男なのだから。

「……本当は、僕じゃ頼りにならないから」

なのに環は、苦痛を堪えるような声でそう言って唇を噛んだ。そうっと身体を離すと、自信がないと告げるような揺れる瞳で心梨を見つめた。

「だから、……歳上の人に頼ろうとしたんじゃないって言って」

もし仮にここで突き放したら、すぐにでも不安で死んでしまうのではないかと思わせる表情にドキリとする。

自信家な環らしくもなく頼りなげに揺れる瞳に、胸がギュッと痛くなった。

「環……？」

まるで環から不安が感染《かんせん》したみたいに、急に弱々しくなった心梨の声に環は少し驚いたような表情をする。

それから、そんな心梨に環は苦笑したみたいに困ったような笑みを浮かべた。

「いくら無敵のハニーでも、不安になる時はあるよ？」

冗談めかした声は優しくて、それが心梨のためだけに作られた声だとわかってしまう。

きっと本当は、環だって不安なのだ。

「だって、僕のダーリンは好きだってなかなか言ってくれない人だから」

けれど心梨まで不安になってしまうから、環はわざと、こうやって楽しげな声で心梨を揶揄かうようなことを言ってくれるのだ。

「環……」

だからだろうか。なぜか唐突に、どうして環がこんなことを言って心梨を笑わせようとしているのかがわかってしまう気がした。

「嫌いだって、言われちゃったばかりだし？」

茶化《ちゃか》した声が、仲直りのキスをねだっているのだと思うのは自惚《うぬぼ》れではないのだろう。

「いつも、嫌がられるまでしつこくしちゃう自覚だってあるしね」

早く、と急かす瞳に背中を押されるように、そっと背伸びをする。

「本当はダメだってわかってるのに、……離したくなるから」

そうして心梨は、強がるみたいに不安の材料ばかりを並べ立てる環の唇を優しく塞いだ。

「……え、ええっと、ちょっとだけ屈め」

自分のほうが歳上の大人だと思うから。爪先立ちした足がプルプル震えても少しぐらい我慢できると心梨は思うのだ。

「たまき」

きっと自分のほうが、環より大人なはずだから。こんな時はガツンと一発、抱き寄せて格好良くキスの一つくらい決めてやらなければならないだろう。

「………目ぐらい閉じろ」

たぶん、少しぐらいなら旦那様としての威厳もあるはずなのだから。

「んん…っ、ち、違う…っ、舌は入れんなっ！」

だから偉そうにキスをして、ちょっと生意気な歳下の男をメロメロに惚れ直させてやるべきだと決意した心梨の試みは、けれど力強い腕と巧《たく》みなキスに打ち負かされてしまう。

「………先生、今の表情すごく可愛かった」

ほんのちょっとだけ、心梨の計画どおりにとはいかなかったけれど少しも気にすることはないのだ。とりあえず仲直りのキスは成功したし。

環から不安の影を掻き消すことだけは、間違いなく計画どおりだったと思えるからだ。

「な、仲直りのキスして欲しいんじゃないのかよっ？」

だけどやっぱり、少しだけ悔しいから心梨の唇は不満げに尖ってしまう。最初からやり直すみたいに睨んだら、幸せそうにパッと破顔《はがん》して抱き着いてくる。

それから、はい、なんてやけに殊勝な態度で環は大人しく瞼を閉じてくれた。

「……もうヤキモチなんか焼くなよ」

ほんの一瞬、唇の先が触れるだけの仲直りのキス。じっと大人しくしている環の唇が、綺麗に微笑んでいることに心梨はくすぐったいくらいの幸せを感じた。

「浮気なんかするわけないだろ、………新婚なんだから」

だから、もっと環を安心させてやりたくて言ってやる。

「ヤキモチなんか必要ないって気づけよ、俺の――可愛い環のくせに」

逃げ出したいくらいの照れと羞恥を我慢して告げた言葉に、自分でもカッと顔中が熱くなっていくのがわかっていたたまれない。

自分で言った言葉の恥ずかしさに、そのまま消えてしまいたくなったけれど。

「へ、返事はっ？」

精一杯の根性でキッと睨みつけた視線は、抱きしめてくる腕の強さに一瞬で遮られる。

「大好き」

強盗みたいな嵐のキスに攫われて、告げるはずの文句は残らず奪われてしまった。


それだけで達してしまいそうな、情熱的すぎるキスはいつの間にか優しく触れるだけの羽毛《うもう》みたいな軽いキスに変わっていた。

「なに笑ってるの？」

くすくすと柔らかい笑みを零しながら、数学準備室のソファに二人は仲良く並んで腰を下ろしている。さっきから繋いだ心梨の左手へ何度もチュッと唇を押し当てているのは、ほんのついさっきまで不安で死にそうな表情をしていた自称可愛い奥さんな男だ。

「笑ってるの、環のほうだろ」

くすぐったそうに首を竦めて、それでも環にキスばかりされている左手を引っ込めようとはしない心梨の口許は微笑ってしまっている。

「先生が可愛い顔して笑ってるからだよ」

だから僕まで笑っちゃうんだ、なんて言う環が悪戯を仕掛けるみたいに頬や耳元へキスしてくるから、そのたびに心梨はわざと逃げてみたり、自分から環に唇を押しつけ返したりをくり返している。

そして、二人して目が合うたびに微笑ってしまうのだ。

「俺は環が笑うから笑っちゃうんだよ」

なんだか、幸せで。こんなふうに笑っているのが、可笑しくて。さっきから二人して、くすくすと笑いながらキスばかりしている。

「狡い先生、僕の答えカンニングしたでしょう？」

拗ねたみたいに言う、環の口調まで可愛く思えるなんて重症だろうか。唐突な懐かしさを覚えて、なんだかドキドキしている自分を心梨は自覚していた。

「環、さっきからずっと先生になってる」

ほんの三ヵ月前までの先生と生徒だった頃に急に戻ったような錯覚を起こしているのは心梨だけではないのだろう。

こんなふうに数学準備室で二人きりでいると、タイムスリップしたような気がした。

「しょうがないよ、学校にいる時くらいダーリンを先生って呼ばなきゃね」

家に帰ったら嫌になるくらい名前で呼ぶんだから、なんて嬉しそうに笑って見せる環も高校生だった頃のような表情をしている。

優等生のくせにサボり魔だった環は、いつも澄ました顔でこの部屋へ遊びに来ていた。

「俺も、……環が学校にいた時みたいだって思ってた」

そんな不良に心梨は先生の顔をして早く教室へ戻りなさい、なんて怒って見せるのだ。

けれど結局、いつだって心梨は環の我が儘に勝つことができなかった。

「この部屋で、こっそり先生とデートしたよね」

二人しか知らない、甘い秘密の記憶はどれもが宝物だ。心梨の空き時間になるたびに人生相談だとか恋愛相談だとか環は馬鹿な口実《こうじつ》ばかり作って現れては心梨を抱き寄せた。

「いつも、この部屋でキスばかりしてた」

唇にしか相談できない内容なんですけど、なんてそんな時だけ真面目な顔をして見せる環が可笑しくて、いつだって心梨は小さなキスを拒めなかったのを覚えている。

「いつもじゃないだろ、バカ環」

こうしていると、まるで授業をサボった環と過ごしているような甘い錯覚を起こして、懐かしいような切ないような不思議な気分になってしまう。

「いつもだよ、いつも――僕はキスも我慢できない悪い生徒だった」

もう環は、ただの生徒ではない。今の二人は、ただの恋人で、ただのダーリンとハニーだからだ。今は心梨だけの可愛い環だと、ちゃんと心梨にはわかっている。

なのにほんの少しだけ悪い生徒にも戻ってくれたらいいのに、なんて思ってしまう。

「本当は悪かったなんて思ってないだろ、環のくせに」

そうしたら一日中、ずっと一緒にいられるからだ。授業の合間に、ほんの一瞬でも顔を見ることができた昔が懐かしいなんて我が儘だろうか。

環が卒業してしまったことが、なんだかふいに寂しくなる時が確かにあった。

「先生の言うことなんてマジメに守ってたら、キスもさせてくれないでしょう？」

あの頃は先生も悪い先生だったよね、なんて嬉しそうに笑って見せる環がどんなことを思い出しているのかくらい心梨には手に取るようにわかるから頬が熱くなる。

「べつに無理なことは言ってないだろ、環め」

考えていることがバレてしまわないように、心梨は少しだけぶっきらぼうに言って環の肩へ顔を埋めてしまった。

「嘘だよ先生、いつも僕に無理なことばっかり言ってたくせに」

小さく微笑った気配に、環にもバレてしまっていることに気づく。それでも悔しいから、顔を上げないままギュッとしがみついてやった。だってきっと、こんなことを考えるのは心梨だけだと思うから。

もう一度あの頃に戻りたいだなんて我が儘は、絶対に言えないと思っていた。

「キスも駄目、好きだって言うのも駄目、見つめるのも駄目、全部駄目だ駄目だって駄目出しばかりして僕を困らせたと、あの頃の心梨を責める甘い声を聞くまでは。

「……………環なんか」

二人はもう、同じ部屋に住んでいる。毎日、数えきれないくらいキスをして愛し合っているのだ。なのに、もっと、なんて思ってしまう自分が心梨の胸を詰まらせる。

こんなふうに突然、なぜだか意味もなく寂しくなってしまったのは。

「環なんか、――――ずっと卒業しなかったらよかったんだ」

こうして少しずつ時間や年月を経ていくごとに、どんどん環に会えない一人きりの時間が増えていくような錯覚に陥ってしまったせいかもしれない。

「そうしたら、ずっと一緒にいられたのに」

まだ今は大学生だから一緒にいられる時間だって多い。けれど大学を卒業して就職して、と考え始めたらもう駄目だ。

「もっと、一緒に……っ」

もしかしたら環は、転勤するかもしれない。環は優秀だから、もしかしてもしかしたら心梨の知らない遠い外国にだって行ってしまうかもしれない。

そうしたら、今よりもっと会えなくなるのだと思ったら胸が酷く痛んだ。

「………環のくせに、なんで卒業なんかしちゃったんだよ」

ずっと一緒にいるって言ったくせに、なんて想像でしかない遠い未来の環を思うだけで詰ってしまいたくてたまらなくなる。

そんな自分が恥ずかしくて、ジワリと涙が滲んできてしまった。

「環なんか、俺の傍にだけいればいいんだ」

目の縁《ふち》に滲んでしまった涙を知られたくなくて、ギュっと環の肩へ顔を擦りつける。

「先生………！」

ふいに感極まったような仕種で抱き竦められる感覚にハッとして、心梨はサッと一瞬で血の気が引く思いがした。

「――――嬉しい」

仮にも教師で、七つも歳上で、本来ならば歳下の環を正しい道に導かなければならない立場にあるくせに我が儘なことを思いきり言ってしまったことに気づいたからだ。

「た、環…っ、い、今の」

嘘だから、と言おうとしたはずの声は形になる前に中途半端に途切れてしまう。そっと唇を撫でる環の指が、言わなくていいと優しく遮ってくれたからだ。

「先生、………いつからテレパシーが使えるようになったの？」

そうっと恐る恐る顔を上げた心梨は、うっとりと蕩けた環の感激めいた表情を見つけてドキリと胸を高鳴らせた。

「本当は僕も、少しだけ先生の悪い生徒に戻りたいって思ってたんだ」

同じだね、って秘密を告白する時みたいに潜めた声が心梨の耳を甘くくすぐる。

「……環も？」

だから勇気を振り絞って尋ねた心梨に、環は当たり前のことみたいに迷いもなく頷く。

それから環は本当は一日中だって一緒にいたいんだから、なんて甘い声で教えてくれた。

「でも先生は大人だから、違うのかなって………思ってたから黙ってただけだよ」

だから、すごく嬉しいなんて素直に言ってしまえる環は自分よりも酷く大人に思える。

なのに環は、そんな心梨を大人だからと思っていたなんて言うのだ。

「……………俺も」

なんだか、二人して同じことで不安になったり遠慮したりしていたことが馬鹿みたいに嬉しく思える。年齢や、立場や、いろんなことが違う二人なのに、もっと一緒にいたいだなんて我が儘だけが少しも違わずにピタリと一致していたことが単純に嬉しかった。

「じゃあ二人とも、我が儘なところまでお揃いだね」

冗談めかして見つめてくる環の笑顔が、同じ気持ちでいることを心梨に教える。そんな環の笑顔を見ているだけで、幸せに胸がいっぱいになる気がした。

「でも先生より僕の我が儘のほうが凄いんだから」

もしかしたら環は、心梨にだけ効く安心の素《もと》をたくさん持っているのかもしれない。

「本当は朝、行ってらっしゃいって先生を学校へ送り出すのが我慢できないんだ」

悪戯っぽく瞳を瞬かせて、目尻へキスしてくる環は幸せそうだから心梨を幸せにする。

「このまま閉じ込めちゃおうかなって、いつも一瞬だけ思うよ」

だから少しくらい怖いことを言われても、ちっとも嫌だとは思えないのだ。

「でもそれじゃ幸せになれないから、毎日我慢してるんだ」

偉いでしょう、なんて褒めて貰おうとする環が好きだから仕方がないと素直に思える。

「絶対に、堂々と一日中先生と一緒にいられる立場の人間になるから」

相変わらずの自惚れにも、大人な心で目を瞑ってしまうことにしよう。

「あと少しだけ、寂しいのは我慢してね」

絶対に実現するから、なんて自信たっぷりに言ってしまえる環の向こう見ずさが人生の先輩として心配になってしまうけれど広い心で見逃してやることにする。

「うん、……待ってる」

もしも自信家の環が人生の壁にぶつかったり躓いたりしたら、その時は今度こそ本当に嫁に貰ってしまおう、なんて思うから心梨は呆れた顔なんてしてやらないのだ。

「環のくせに生意気って、言ってくれないの？」

その自信満々の表情がポロリと崩れて、可愛い顔で自分に泣きついてくる日を想像するだけで楽しくなってきてしまう。

「……環のくせに、実現しないわけないだろ？」

だから心梨は、悪い詐欺師《さぎし》のように環を唆して、本当のお嫁さんに貰う日をこっそりと夢見ながら気長に待っていることにする。

「うん、先生の環は優秀だから安心してていいよ」

にっこりと嬉しそうに笑う環の、その疑いのない瞳に微かに狼狽しながらも挫けない。

「どこが優秀だよ、環のくせに」

夢が叶う、その日が来るまでコツコツと貯金して小さなマイホームを持とうと、密かな野心を芽生《めば》えさせる心梨は世間の良識に縛《しば》られた地道な先生だった。

「意地悪だね、僕の優秀さは先生が一番よく知ってるくせに」

何も知らずに浮かれているのだと思っていた環の夢見がちな言葉の数々を、笑って聞き流した自分を心梨が心の底から悔やんだのは、その数日後のことだ。

「僕よりエレガントな解答を出した生徒なんていないでしょう？」

けれど今は、うっとりと響く甘い声に促されるまま心梨は瞳を閉じてしまった。

「………唇にしか書けない答え、書いてもいい？」

キスをねだる環に微笑って、照れながらも偉そうに心梨は頷いてやる。

「先生、大好き」

甘ったるい声とキスに、心梨が溺れてしまいそうになった瞬間。

「見〜ちゃった」

その部屋の扉は、脳天気な悪魔の声とともに大きく開け放たれた。

本当に驚いた時に人間が取る行動には大きく分けて二種類のタイプがある。一つは突然のショックにピタリと動きを止め、その静止した状態のまま現状把握《はあく》と理解を計るために脳が光速活動し、冷静に自分が次に取るべき行動を考えられるタイプだ。

「ドアを開ける前にはノックをしろと幼稚園で習いませんでしたか？」

最初の衝撃から素早く立ち直り、突然の侵入者にドアを閉めるよう静かに指示を出した桜大路環は、まさにこの経営者タイプの見本のような男と言える。弱冠《じゃっかん》十八歳の若造《わかぞう》とは思えない恐ろしいほどの落ち着きぶりだった。

「あああ、あのっ、まま、まっ、松浦先生っ？」

それに対して明らかに声が上擦り、意味もなくワタワタと手を振ったり挙動不審気味に目線をオロオロと彷徨《さまよ》わせながら、ワナワナと唇を震わせるだけでなく歯までカタカタと鳴らしてしまう心梨は突然のパニックには上手く対処できないタイプだと言えるだろう。よく言えば理論派、悪く言えば想定外の事態には対応できない想像力のない理系タイプの代表のような人物である。そんな温室育ちの心梨の目尻には、早くも涙が滲んでいた。

突然の事態に、見ているほうが可哀想になるほどのパニックに陥っているのだ。

「先生、大丈夫だから落ち着いてね」

はい大きく息を吸って、なんて言いながら小さな子供を落ち着かせる時のように心梨の背中をポンポンと叩いてやる環は、どう見ても落ち着き払っている。アタフタとしている心梨の可愛すぎる反応に微笑ましげな視線を向けるくらいの余裕があるのだ。

「とりあえず眼鏡が先だよ、先生の可愛い顔を見られたら困るからね」

甲斐甲斐《かいがい》しく心梨に眼鏡を掛けてやりながら冷や汗の滲む額を拭い、最後の仕上げに頬へキスまでしてしまえる環にとって、見知らぬ他人にダーリンとの甘いキスシーンを目撃《もくげき》されたことなど蚊《か》にでも刺された程度のことなのだろう。

「ん？　どうしたの、そんな可愛い顔して」

コツンと軽く額同士を合わせて微笑んで見せる環は、いっそ天晴《あっぱ》れなほどいつもどおりの甘ったるい桜大路環だった。

「………ハッ！」

しかし、ガチガチの常識に縛られた生真面目な数学教師は違う。世間の常識を歯牙《しが》にもかけないカリスマな神童とは、そもそもの繊細《せんさい》さからして違うのだ。

「先生？」

眼鏡を掛けた途端にクリアになった視界と思考回路が、受け入れがたい過酷《かこく》な現実との対面を心梨に与える。それは、どう贔屓《ひいき》目に軽く見積もっても確実に心梨の人生と未来を脅《おびや》かすだろう衝撃的すぎる現実だった。

元教え子（男）とのキスシーン（しかも職場）を現同僚に見られてしまった現職の男性教師。しかも元教え子は十八歳というバリバリの未成年だ。

「あ…っ」

淫行《いんこう》、犯罪、都条例違反、猥褻《わいせつ》教師という文字が心梨の脳内をゴシック体で駆け巡る。単純に羅列するだけでフラリと気が遠くなるような、衝撃の事実たちに動揺を隠せない。

『都会が悪いんです、とっ、都会の狂気があの子を狂わせたんです…っ』

田舎の両親が涙でマスコミに謝罪する声が聞こえたような気がした瞬間。

「――――――目眩が」

フワ〜っと白くなった視界に、クラリと心梨は目を回した。

「先生、しっかり！」

そんな心梨の身体をサッと当然のように抱き留めたのは環だ。

「ああ、可哀想に……こんなに青い顔して」

心配そうに抱きしめて愛しげに頬擦りしてくる環は、そんな心梨の繊細でいて常識的な神経を微塵《みじん》も理解していないらしい。

「ええっと、………あんまり無視されてるのも気分よくないんだけど」

ついでに言えば先程から痛いほど二人に突き刺さっている邪魔な視線の存在すらも環にとってはどうでもいいことなのだ。

「まっ、松浦先生⁉」

その視線と暗い声にハッと視線を向ける心梨は、そんな視線さえも環の腕の中からだという事実を都合よく忘れ去ろうとしている。

「いや、その体勢で改めて俺に気づいたふりってのもどうかと思うよ？」

いくらなんでも今さらっぽいんじゃない、と首を傾げて見せる松浦に、同じように首を傾げかけた心梨は、その状態のままピシッと固まった。

「先生、今度はどうしちゃったの？」

なんて呑気に尋いてくる歳下の男に、うっかりギュッと抱きしめられているのだという最悪な状況に思い至ってしまったからである。

「そ、そういえばさっき目映《まばゆ》いほどの光に包まれて………！」

ああっ、どうしてだろうそこから先の記憶がないっ！　という、姑息《こそく》な小芝居を咄嗟《とっさ》に打ってしまう心梨の微妙に現実から逃避したい心境が環にはわからないのだろうか。

「先生ったら面白いね、それって宇宙人と遭遇《そうぐう》した人の真似？」

微笑ましげな視線で心梨を見つめて、クスクスと笑ってしまえる環は完全にこの状況を受け入れているらしい。常識に対する根本的な認識が心梨とは決定的に違っているのだ。

「だったら僕は火星人の役だよね、先生にプラント埋めちゃってもいい？」

身体の一番深いところにグッと埋めちゃうんだから、などという下品すぎるジョークをこの緊迫《きんぱく》した状況で言ってしまえる環は、確かにある種の大物と言えた。

「……紙一重《かみひとえ》め」

なんとかと天才は紙一重という、そのなんとかのほうの境界に近いのではないかという疑惑を心梨に抱かせる。

環の見せる落ち着きぶりが、ありえないほど板に付いているからだ。

「ていうか心梨ちゃん、ちょっといい？」

さり気なく俺を無視しないで欲しいんだけど、という松浦の声にビクリと大袈裟《おおげさ》なまでの怯えっぷりを見せた心梨を、さり気なく庇《かば》うように腕の中へ抱き寄せた環の双眸が一瞬だけキラリと物騒《ぶっそう》な煌《きら》めきを見せる。

「このガキ、誰？」

それに応えるように剣呑《けんのん》な声を響かせた松浦の目は少しも笑っていない。ピタリと環の澄んだ瞳へ焦点《しょうてん》を合わせたまま微動《びどう》だにしないのだ。

「あっ、あのっ、かかか彼は…っ」

ドドッと押し寄せてきた冷や汗ものの状況の連続に、すでに心梨の思考は正常な働きを失っている。今さら何をどう足掻《あが》こうと、足掻くだけ無駄だと頭ではわかっているのだ。

「人にものを尋ねる時には、それ相応の礼儀が必要なんじゃないですか？」

どんなに頑張って説明したところで、心梨たちは決定的な場面とも言うべきキスシーンを思いきり目撃されてしまったあとだからである。

「ガキに取る礼儀はない、っていうのがうちの家訓《かくん》なんだ」

お子様には嫌味も通じないかな、という松浦から向けられるあからさまな敵意に怯んでいるのは心梨だけだ。

「火星から来た桜大路環です、はじめまして見知らぬ他人のオジサン」

にっこりと笑顔で応戦する環には、怯むという通俗《つうぞく》的な概念《がいねん》の存在すらない。

「ごめん聞こえなかった、なんだっけ、仮性包茎《かせいほうけい》のタマキンちゃん？」

そんな環を鼻で笑ってしまえる松浦には、子供に対して取るべき大人の対応そのものがスッポリと抜け落ちていた。

「お年を召すと大抵は耳が遠くなるって言いますものね、お察ししますよ」

お大事に、とサラリと笑顔で躱《かわ》した環に松浦の端正《たんせい》な眉間へビシリと険悪な皺が寄る。

「…………」

自分を挟んで繰り広げられている陰湿《いんしつ》な言葉の応酬《おうしゅう》に、心梨はただひたすらに身が縮む思いで息を潜めているしかない。

「…………俺はまだ二十代だ」

ペラペラと嫌味を披露していた饒舌《じょうぜつ》な松浦さえも黙らせてしまう環は末恐ろしい男だ。そんな環と松浦の間に割って入れるほどの勇気と根性が、心梨にあるはずもなかった。

「ああ、そういえばギリギリ二十九歳の人でも二十代は二十代ですよね」

ニコリと微笑む環の笑顔は恐ろしく整っているだけに可愛いと言えなくもない。

「ピチピチの十代な僕には、その繊細なお気持ちはわかりかねますが」

その不気味なまでに堂々とした迫力と、少しも笑っていない瞳の煌めきさえなければ、松浦もこの程度の嫌味に怯んだりはしなかっただろう。

「自分が場違いな場面に登場した邪魔者だという認識が、あなたにはないようですね」

けれど実際に松浦は、一回り近くも歳下の男に言い負かされていた。口から生まれたと言われ続けてきたはずの弁舌爽《べんぜつさわ》やかな松浦幸三郎が、年端《としは》もいかない十代の小僧に嫌味の一つも言い返すこともできないでいるのだ。

「お若いのでしたら一度、若年性《じゃくねんせい》アルツハイマーの検査を受けてはいかがですか」

べつに恥ずかしい病気ではないと思いますよ、という心配げな微笑みつきの嫌味を最後まで大人しく聞いてしまうという驚愕の事態に陥っているからだ。

「何か僕に反論があれば、四百字以内で簡潔《かんけつ》かつエレガントにどうぞ」

最後には素っ気なく突き放す口調で締め括って、馬鹿にした笑みを唇の端へ刻んだ環は言うまでもなく無敵だった。まさに一分の隙もない傲慢な嫌味攻撃である。

「心梨ちゃん――このガキ、何者?」

素早く攻撃方向を心梨へ切り替えて、突き崩す相手を変えようとした松浦の声をさらに素早く遮ったのは抜け目のない環だ。

「ダーリン、どうしてこんなオジサンに馴れ馴れしくされてるの?」

あなたは一体誰ですか、と尋ねたくなるほどの別人ぶりで拗ねたように心梨を見つめて甘ったるい声を出す環に松浦は思わず唖然《あぜん》としてしまった。

ここまで相手によって態度を変えてもいいのか、という驚愕の唖然である。

「たっ、たたた環っ!」

男同士にもかかわらず平然と人前でイチャイチャしてくるような環の、その非常識ぶりに狼狽しきっている心梨は、そんな松浦の唖然の意味を完全に履き違えていた。

「先生ったら、そんな一生懸命に呼ばなくても僕はここにいますよ」

心配しなくても大丈夫だからね、なんてギュッと抱きしめてくる環はここぞとばかりに自分たちの関係を暴露《ばくろ》しようとしているらしい。

「まままっ、松浦先生にシツレイだだろうっ？」

そんな環についていけない心梨は、本気で必死に環の腕から抜け出そうとする。

「先生、さっきから微妙にラッパー風味だよ？」

なのに楽しそうに微笑む環の腕の中から、なぜかどう足掻いても抜け出せないのだ。

「も、もう歳なのか⁉」

それとも勉強しかしてこなかった過去の自分のツケなのだろうかと、思わず悩み始めてしまった心梨は、単なる腕力の差だろうという答えの存在に気づかないふりをする姑息にして亭主関白という名称に憧《あこが》れを捨てきれないダーリンだった。

「バカだねダーリン、愛の強さの差に決まってるでしょう？」

僕から逃げるなんて許さないんだから、なんて嬉しそうに言えてしまう環の考えていることがわからない。

「環、………おまえ本当はバカだろう？」

どうして環はこの状況で堂々と男の教師を抱きしめていられるんだろう、という心梨の疑問は正しい。

「恋人の前でなら、アインシュタインだってバカになれるよ」

僕はもう先生の可愛い奥さんだけどね、なんて環は幸せそうに耳元で囁くだけだ。

「たまには先生も僕の前でバカになって」

まるでねだるような口調で環は告げて、いっそ見惚れそうな綺麗な笑顔で微笑った。

「そうしたら、うんと甘やかしていい子いい子してあげるから」

たまにはバカになるのもいいよ、なんて微笑う環がこんな時なのに可愛く思えるなんてどうかしているだろうか。

「………環のくせに」

なんだか身体中の力が抜けてしまったみたいに環の肩へ額を押しつけて、心梨は意味もなくホッとしてしまった。

ふわりと香る、嗅《か》ぎ慣れた環のフレグランスに安堵してしまうからだ。

「それより、どこの場末のホストかと思ったら先生だったんですね」

まるで秘密の内緒話《ないしょ》をするみたいに声を潜めた環に、うんうんと心梨も頷く。

「物理の松浦先生、今朝も深草先生の和歌攻撃から助けてくれたんだ」

塩田《しおだ》先生の後任の先生だと、こっそりと解説を入れてやる。

「へえ、まだ古典バカから歌を捧げられてるんだ？」

途端に返ってきた嫉妬バリバリの声にピシリと固まってしまった。前々から心梨は古典教師から和歌を貰うたびに、不倫だの浮気だのと環に詰られ続けていたからである。

「そ、それは……その……」

短冊は貰ってない、とプルプル首を振る心梨にちょっと笑って環は微笑む。

「冗談だよ、僕の心梨さんが浮気するわけないもの」

ちゃんと信じてるから心配しないでね、なんて環が笑顔で言えるのはさっき心梨を酷く泣かせてしまったという負い目があるからだ。

「ただし、あとでちゃんとさっきの件は説明していただきます」

妻として、という声の迫力にコクコクと頷くしかない心梨は、もしかしたら世間でいうところの恐妻家と呼ばれる部類のダーリンなのだろうか。

「それと、ホスト紛《まが》いのオジサンには特に気をつけてね？」

知性がない分だけ動物に近そうだから怖いよね、などといかにも心配そうに眉を顰めて言える環は鋼鉄《こうてつ》の神経をしていた。

「誰がホスト紛いのオジサンじゃ⁉」

そのわざとらしい内緒話の人物が、思いきり自分たちの目の前に立っていることを環は最初から知っていて言うからだ。

「あれ？　聞こえてたんですか？」

わざとらしく視線を松浦へ向けた環の、そのわざとらしさはある意味凄い。

「こっ、この距離で聞こえんほうが怖いわッ！」

思わず関西弁アクセントになってしまう松浦は、すっかり環のペースに嵌まっている。

「なんだ、もう耳の具合はよくなったんですか」

それはよかったですね、と微笑む環には焦りもなければ気負いすらもない。

「そうだ、ダーリンの同僚の方なら改めてご挨拶しないとね」

ふと、今初めて心梨と松浦の関係に思い至ったように立ち上がった環へつられたように心梨も立ち上がる。

「改めまして桜大路環です、いつもうちの心梨さんがお世話になっております」

深々と優雅《ゆうが》に頭を下げる姿は、まさに妻だ。そんな環の立派な姿に一瞬だけ感動で目頭《めがしら》が熱くなりかけた心梨は、その次の瞬間ハッと我に返った。

「先日は僕の心梨さんに失礼な電話をありがとうございました」

わざわざ朝っぱらから非常識にすみません、などと全開の笑顔で環はスラスラと嫌味を垂れ流している。

「……心梨ちゃんと、どういう関係？」

そんな松浦の呆然とした呟きに、ようやく環と仮にも聖職に就いている自分が世間ではどう呼ばれる種類の関係なのかを正確に認識し直したからである。

「あっ、あのですね、彼は実は……んぐっ⁉」

何か素早く言い訳をして、この危機を上手く回避《かいひ》して環を守らなければと健気にも意気込んだ心梨は。

「⁉」

静かに怒りのオーラを発していた新妻のキスに、その唇を奪われてしまった。

「……っ」

咄嗟に逃げようとした心梨の頭を抱え込むように引き寄せて、思う存分唇を吸い上げる環の唇を避けることもできないままキスを重ねる。

「…あ、…んっ」

強引に割り込んできた舌に意識まで搦め取られた心梨は、呆気《あっけ》なく力を失うと環の腕の中でカクンと膝を落としてしまった。

「あとでうんと可愛がってあげるから、少しだけ我慢しててね」

耳元へ軽く唇《くち》付《づ》けて、腰の砕けてしまった心梨の身体を悠々《ゆうゆう》と片手で支えた環は悠然と松浦へ視線を向けた。

「見てのとおり、こういう関係ですが？」

余裕たっぷりにヒラヒラと左手を松浦の目の前で閃《ひらめ》かせて、その長い薬指に嵌められたキラリと光るプラチナのリングを見せつけるように翳《かざ》す環に動揺は微塵もない。

「……………こういう、というと？」

反対に、いきなり目の前で濃厚なラブシーンを演じられた松浦は完全に動揺している。

無垢《むく》で純情そうだと思っていた心梨に、こんな王子様系の俺様男がついていたこと自体が松浦には信じられないのだ。

赴任以来、いつか落としてやると決めてきた心の中だけの可憐な恋人。

「キスぐらいで諦めがつくなら、この場で大人のキスを披露してもいいぜ」

それを同僚の深草ならともかく、こんな高校生に毛が生えた程度の若造風情に奪われるなんて大人としてのプライドが許さなかった。

「物わかりの悪い大人は嫌われますよ？」

ピクリと眉を顰めた環の表情に、今度こそ胸の空《す》く思いで松浦は吐き捨てる。

「生憎《あいにく》だったな、俺にはガキに好かれて喜ぶ趣味はない」

可愛い大人にしか好かれたくないんだ、と。

「なるほど」

ふと、何かを思いついたように心梨を見て。それから、酷く満足げに頷いた環の不審な態度に松浦は眉根を寄せた。

そんな環に、何かとてつもなく嫌な予感を覚えたからだ。

「では、はっきり言いましょう」

松浦を見てニヤリと笑みを浮かべた環は、可愛い奥さんの仮面を完全に脱ぎ捨てている。

環が可愛くならなければならない相手は、度重《たびかさ》なるショックに気絶寸前の状態だからだ。

「わかりやすく言えば、先生と僕はダーリンとハニーの関係です」

いわゆる新婚なんですよね、と次の瞬間には蕩けるような笑顔を浮かべて環は腕の中の心梨へキスを落とす。

そのどこまでも優雅な仕種に、松浦は思わず呆気に取られていた。

「朝はおはようのセックスで始まるような、そういう熱々の関係なんです」

ね、ダーリン。なんて言葉に一瞬で赤くなった心梨の横顔に、松浦は釘づけになった。

今までずっと、世間ズレしていない可愛い子という認識を抱いていた心梨の目元に初めて知るような色めいた表情を見つけてしまったからだ。

「心梨ちゃん……」

それは一から自分好みに染め上げていく時に見つける喜びとは逆の、すでに他人の手に開かれてしまった者から漂う艶《つや》に誘われるような感覚だった。

「！」

サッと、そんな松浦の視線から隠すように心梨を深く抱き込んだ環には疚《やま》しすぎる視線の意味が正確に伝わってしまったのだろう。

「正式に籍を入れるのは僕の成人を待ってからになりますが」

最後通牒《つうちょう》を突きつけるように言い放たれた環の声には、微塵の甘さもなかった。

「れっきとした既成事実は濃厚にございますので、どうぞご心配なく」

憮然《ぶぜん》とした口調で素っ気なく言いきった環に、松浦が短く舌打ちした瞬間。

「……あっ」

短い声を上げて、今度こそクタリと心梨は頽《くずお》れてしまった。

「あ、気絶しちゃった」

ちょっと困ったみたいに苦笑して、ごく大切なものを抱き上げるように意識を手放した心梨の腰へ腕を回した環は小さく息を吐く。

「本当に困ったダーリンだね、タイミングがいいんだから」

そっと心梨をソファへ寝かせて、昼休みが終わっていることを確認すると環は軽く眉を寄せた。ここで真面目な心梨のために起こしてやるべきかどうか、とりあえず一瞬の葛藤《かっとう》と逡巡《しゅんじゅん》は抱くらしい。それを心梨が望むだろうと、一応はわかっているからだ。

「常識のないお子様はともかく、純情な心梨ちゃんは秘密にしておきたいようだな」

けれど、わざと感情を逆撫でするように切り出してきた松浦の声に心梨を起こすという選択は環の中から消え失せた。

「俺がこのことを教育委員会へ告発したらどうなると思う？」

校長に告げ口してもいいと試すように言った声に微かに首を傾げて、けれどなんの興味もないように視線を携帯へ落とす環は、なぜか先程までの環とまるで態度が違っている。

無言のままメールを打ち始めた環は、もうすでに松浦の存在自体に興味がないようだ。

そんな態度も妙にカンに障《さわ》る気がして、松浦は内心苛立ちながら続けた。

「可愛い心梨ちゃんは即刻クビ、その上に未成年者に対する淫行で立派な犯罪者だ」

児童保護法違反なんて肩身が狭いぜ、と殊更に揶揄かうような口調で告げた時、初めて環の視線は松浦へ向けられた。

「それはどうでしょうか」

そっと静かな笑みを浮かべて真っ直ぐに自分を見た環に、なぜかギクリとして松浦は顔を引き攣らせた。

「少なくとも僕は合意の上だし、うちの両親は間違っても訴えないと思いますよ？」

話す声は静かで、環が少しも感情を波立たせていないことがわかる。

「だって心梨さんは、悩める受験生だった一人息子の命を救った桜大路家の大恩人だし」

微かに笑みすら浮かべている環の表情には、揶揄めいた色さえ浮かんでいた。

「男に走ったぐらいで警察沙汰にするほど、うちは体面を重んじない家柄でもない」

静かな声と表情は、ごく冷静なものだ。どう見ても激しているようには見えないのに、刃物を向けられているような脅威《きょうい》を感じるのはなぜだろう。

「学校側としても学園創設以来の神童のスキャンダルは望まないでしょうね」

ピタリと見据《みす》えられた視線から、ゾッとするような温度のなさを感じて松浦は無意識に背筋を震わせた。

「お、おまえはよくても心梨ちゃんは職を失ったら困るんじゃないのか？」

それでも、歳下の男に簡単にやり込められるなんて冗談じゃないと自分を奮《ふる》い立たせて松浦は負け惜しみのような文句を放つ。

「ああ、失職なんてロマンティックないい響きですね」

けれど返ってきた、その予想外の楽しげな声音《こわね》に唖然として松浦は環を見つめた。

「お暇なら、試しに学校へチクって貰えますか？」

なんなら謝礼《しゃれい》は弾みますよ、という声が少しも冗談に聞こえないのは気のせいだろうか。

「僕としてはダーリンを独り占めできる絶好のチャンスなんですよね」

しかも嫌われるのは僕じゃなくてあなただし、と何か素晴らしい計画を思いついたような表情をする環は清々しいまでの笑顔だった。

「お、おまえ、ダーリンだのなんだの言いながら相手の将来はどうでもいいのか？」

思わず心梨の身の上が心配になってきてしまう松浦は、最後まで悪役に徹《てっ》しきることができない善良な凡人《ぼんじん》だと言えるだろう。

「ご心配なく、心梨さんの将来は七十三歳まで僕が立てた予定で埋まってますから」

多少の変更や修正ぐらい構わない、と当然のような口調で返答をする環の言う輝かしい人生設計図にはダーリンの意思や意向は少しでも考慮《こうりょ》されているのだろうか。

「心梨ちゃんの意見も聞いてやれよ……」

なんだか本気で心梨の未来を憂《うれ》いてしまいそうな、環の独断専行《どくだんせんこう》ぶりに松浦の中に同情めいた感情が湧き上がってくる。

「七十四歳からの計画は二人で楽しく考える予定なので、ご心配なく」

そんな松浦の視線にムッとしたようにツンと視線を逸らす環の中で、心梨に人生選択のチャンスが訪れるのは七十四歳以降らしい。

「……それってほぼ人生が終わってる気が」

思わず同情の呟きを漏らした松浦に環は今度こそ気分を害したように顔を上げ、なぜかピッと忌々しそうにメールの送信ボタンを押した。

「あなたに心梨さんの将来を心配される筋合いはありません」

あなたは自分の身体の心配でもしておけばいい、と言う環の不可解な発言に松浦は軽く眉を顰める。

その言葉に、何か酷く不穏な響きを感じたからだ。

「梅狩りを嗜《たしな》む風流人に、松囲いの粋をオススメしただけですよ」

けれど環から返ってきたのは理解不能な言葉だけで、松浦はますます眉を深く顰めた。

なぜか一瞬、この学園で最も忌々しい古典バカの存在が頭を過《よ》ぎったからだ。

「まぁ、理系バカのあなたには理解できない忠告《ちゅうこく》だと思いますが」

せいぜい頑張ってください、という言葉にも首を傾げるしかない。一体何に気をつけて何を頑張ればいいのかサッパリわからないからだ。

「松浦先生――一つだけ、あなたに言っておきましょう」

一瞬だけ、潜められた声の低さにドキリとして松浦は顔を上げる。

「勝手に僕の邪魔をするな、ということだけです」

そうして視線を絡めた松浦は、その視線の鋭さに固まったように動けなくなった。

「僕のいないところで心梨さんを脅してどうこうするつもりなら」

キラリと物騒に煌めいた瞳に息を詰めた松浦は、その迫力に飲み込まれそうになる。

「あなたの人生と未来を投げ出す覚悟で頑張ってください」

手は抜きませんよ、という凄みのある環の声が響き終わるか終わらないかのタイミングで数学準備室のドアは軽やかにノックされた。

「ああ、風流な狩人《かりゅうど》が来たようですね」

ふっと途端に軽い笑みを浮かべた環の横顔が嫌になるほど怪《あや》しい。何かよからぬことを企《たくら》んでいる人間独特の嫌なオーラが漂っているのだ。

「どうぞ、鍵は開いてますよ」

笑顔でドアの向こうへ掛ける環の声は妙に明るく響いて松浦を不安にさせる。

「おい、おまえ何を……」

嫌な予感を目一杯に募《つの》らせた松浦は、カラリと開け放たれたドアの向こうから現われた男の胡散臭《うさんくさ》い笑顔に思いきり眉を顰めた。

「やぁ、久しぶりだね桜の君、さっきは電子の文《ふみ》をありがとう」

晴れやかな笑顔さえなぜか胡散臭く映るのは、現代日本を古典の姿勢で生き抜く平安の粋人、深草先生だ。

「……なんでマロが」

麿《まろ》、というのは松浦が勝手に付けた深草のあだ名だ。深草は一部の生徒には殿《との》と呼ばれ、またある一部の生徒からは帝《みかど》と呼ばれ、同僚である松浦からは密かに麿と呼ばれている。

そんな深草は間違いなく学園一あだ名の多い教師と言えるだろう。

「それにしてもつれないね桜の君は、君のお渡りのなさに皆が嘆《なげ》いていたよ」

完全空調の冷暖房が行き届いた校内で怠惰《たいだ》に扇子を靡《なび》かせながら闊歩《かっぽ》する深草は、その容姿が整っているだけに内面の変人ぶりが際立ってしまうのかもしれない。

「おおっと、また一句浮かんでしまったようだ」

現代社会に生きながら一人だけ勝手に平安時代へタイムスリップしてしまえる深草は、ある意味素晴らしく強固な意志の持ち主だと言えた。

「桜の君との再会を祝して一句、待てばはや～桜の君の面影《おもかげ》は～」

誰も聞いていないのに勝手に和歌を朗々と詠み出す深草の潔《いさぎよ》い姿は、何度見ても松浦を唖然とさせる。

「おまえ、意外に付き合いの幅が広いな……」

狙《ねら》う対象が重ならない限り、絶対に人生で近寄るはずのない人物だからだ。

あの変人となぜメールアドレスの交換を？　という純粋な疑問を視線だけで投げかけた

松浦は、どうやってさり気なくこの場から脱出しようかと考えていた。

「どんなに小さな心配の種も芽を吹く前にコンクリートで固める主義なだけですよ」

嫌そうに答える環も、別に好き好んで付き合いを持っているわけではないらしい。

「深草先生、字余りの季節を無視した斬新《ざんしん》な歌をありがとうございます」

目の前へ差し出された短冊から微妙に視線を逸らしたまま深草と話している環は、このまま『うっかりプレゼントに気づかなかった作戦』に出ようとしているようだ。

「ノンノン、そんな細かいことを気にしていては芸術は爆発しないよ？」

それを強引に環の胸元へ押しつけてしまえる深草は、他人の迷惑に都合よく気づかない『ジャイアンリサイタルin平安ワールド』に生きる男だった。

「お約束した例の部屋の鍵です、あとで回収の者に必ず返してくださいね」

押しつけられた短冊の存在を無視したまま、反対に深草へ鍵を押しつけ返す環は無敵だ。

何があっても迷惑な和歌を受け取らない頑《かたく》なな姿勢は、アッパレだと言えよう。

「桜の君の、そのつれなさに一句捻《ひね》りたいところなんだけどねぇ」

ふふふ、と気味の悪い笑みを漏らす深草の口許は扇子で覆われている。

「あんまり松千代丸を待たせるのも可哀想だし、…………ねぇ桜の君？」

桜の君と呼ばれている環は、どうやらこのまま完全無視を通すつもりらしい。

なんだそれは、と首を傾げる松浦を振り返ることもなくソファで眠る心梨を抱き上げて、自分だけとっととお帰りの準備をしているのだ。

「断りもなく僕の梅を手折《たお》ろうとした狼藉者《ろうぜき》です、遠慮や手加減はいりませんよ」

通り過ぎざまに深草へ囁いた、環の意味深な言葉にも松浦は視線を投げるしかない。

「思う存分、平安チックに折檻《せっかん》してあげてください」

意味ありげに微笑み合う二人の姿に、なんなんだろうと首を傾げた瞬間。

「では、お二人ともごゆるりと――ごきげんよう」

背後からガシリと掴まれた腕の強さに、松浦の気楽な人生は急展開を見せた。

「マッチヨマル？」

深い眠りから覚める、ほんの一瞬前が一日の中で一番幸せな時間だと思う。ゆったりとした微睡《まどろみ》の中でいつまでもたゆたっていたいような、それでいて今すぐに起きて幸せへ飛びついてしまいたいような、そんな裏腹な幸福感の狭間で揺れていられるからだ。

「今、ちょっと微笑ったね」

温かい感触にすっぽりと包み込まれて、優しい声を耳元に感じている。ぼんやりと夢と現実の間を行ったり来たりする微睡の時間が、心梨はとても好きだ。

「……抱っこして欲しい？」

そっと抱き寄せられる柔らかい感触に自分から頬を擦り寄せて、エアコンの冷気に軽く冷やされた鼻の先を押しつけて意地悪してやるのだ。

「くすぐったいよ、意地悪だね」

その些細な悪戯が成功したことに満足して、ギュッとしがみついたら。安心の素が流れ込んでくるみたいに、環の甘い香りでいっぱいになった。

「心梨さんの甘えっ子」

ギュッと抱き返される感覚に安堵して、何度も頬を擦り寄せる。今は、まだ眠っていることになっているから。

甘えっ子呼ばわりされても、心梨は少しも恥ずかしがる必要はないのだ。

「もっといっぱい甘えて、僕にならいくらでも夢中になっていいよ」

たとえ環に甘えたとしても、それは眠っている間に勝手にしていることだから心梨には責任はない。そして目が覚めたら、そんなことはした覚えがないと心梨は知らないふりをしてしまえばいいのだ。

「僕が傍にいなきゃ寂しくて泣いちゃうような、ダメな人になっちゃえばいい」

幸せが耳から伝染《でんせん》してくるような、環の声を擦り寄せた喉元から直接聞いてみる。

「心梨さんが泣かないように、ずっとこうしてギュってしててあげるから」

そうして、その喉が震える感触を確かめるみたいに唇を押し当てた。そのくすぐったい振動が唇へ伝わるたびに、環の甘い声が鼓膜《こまく》を震わせるのがなんだか不思議で面白い。

「このキスだって、おはようのキスになんか入れてあげない」

理屈でなら、当たり前のように知っていたこと。けれど、それを実際に好きな人の肌で知る喜びが心梨を幸せな気持ちにさせた。

「だからこれは、平日の平均キス回数に入れたりしないでね」

柔らかい声の響きと、喉仏の振動に耳を澄ましてうっとりと酔ってしまいそうになる。

そうして温かくて幸せな夢の中を、心梨はのんびりとたゆたっていくのだ。

目が覚めて、朝が始まってしまうまでしか見られない時間限定の夢の中を。

「……ん、」

ずっと包まれていたいのに、起きてしまいたいなんて贅沢すぎる悩みかもしれない。

「瞼がピクピクしてるよ、……本当は起きちゃいたいんでしょう？」

可笑しそうに微笑っている環が、少しだけ憎らしくて。まだ目は覚めてないと主張する代わりに脚まで全部、ギュッと絡めてやる。

「……了解」

耳元へキスされる、くすぐったいような淡い感触と同時に身体ごと深く心梨は環の腕へ抱き竦められてしまった。

「今日もテレパシーが使えて嬉しい」

目を開けなくてもわかる、幸せに蕩けた笑顔。けれどやっぱり、目を開けて見てみたいから、心梨の毎朝の甘い葛藤《かっとう》は激化するのだ。

「ダメだよ、心梨さんはまだ起きちゃダメなんだから」

そんな心梨の決意を阻止するように、悪戯な環の唇が何度も瞼へキスしてくる。まるで眠りから覚めなくなる秘密のおまじないをするみたいに。

「……やっぱり、ダメ」

まだ起こしてあげない、なんて言う環は我が儘だ。

「もっと、いっぱいこうやってくっついてたいから」

頷いてしまうしかないような甘いキスで心梨の瞼を封印《ふういん》して、ギュッと瞼を瞑る仕種に嬉しそうな笑みを零している。

「もう少しだけ、眠ってるふりしてようよ」

そんなふうに誘っている時点で、すでに本当は二人とも起きてしまっていることを環は心梨に白状《はくじょう》しているのだけれど。

「だって新婚なんだから、もっとくっついてるべきだよね」

そんな環が作った新婚さんルールによれば新婚の間は眠っているふりも全部、都合よく許されることになっているらしい。

「ギュッとしててあげるし、これも……おはようのキスになんてしてあげない」

だから心梨は少しくらい流されて、キス魔の環に根気よく付き合ってあげることにする。

「ずっと、こうしていたいから……」

そんな環に瞼を閉じたまま微笑んで、身体を擦り寄せた心梨はたぶんこの時点ではもう九十%ぐらいの確率で幸せな夢に浸ってしまうつもりでいただろう。

「ねぇダーリン、もう今日は学校なんかサボっちゃおうよ」

眠っていた冷静な思考力を呼び覚ます、その恐ろしい単語を聞いてしまうまでは。

「ガッコウ？」

パチリと瞼を開いてしまった心梨と、

「あ」

その寝顔に見惚れていた環の視線がバチッとぶつかったのは一瞬だ。

「違う！　今のはカッコーの間違いです、カッコーだよカッコー、鳥の！」

慌てて言い直しても遅すぎる。サッとナイトテーブルの上へ伸ばされた手を、環が阻《はば》む前に心梨はスチャッと素早く眼鏡を装着してしまったからだ。

「――――遅刻だッ！」

眼鏡を掛けるのと同時に視界へ飛び込んできた、そのシルバーブルーの腕時計が心梨に悲鳴のような声を上げさせた。

「どうしよう環!?　ちっ、遅刻だーっ！」

時計の針は、もう八時半を過ぎている。今から光速で着替えて顔を洗って歯を磨いたとしても、一限目の授業には余裕で間に合わないだろう。

「……………口が滑ったか」

チッと環らしからぬ舌打ちをして、それでも心梨の身体へ両手両脚を回してベッド脱出を阻止する環は根性で新婚ルールを押し通そうとしている。

「離せ環！」

ロケットのような素早さでベッドを飛び立とうとするダーリンの腰を、死んでも素直に離してやったりはしないのだ。

「嫌だっ、僕はまだ目が覚めてない！」

おはようのキスで起こしてくれるまでは意地でも起きるもんかと頑張る環は、一体どのあたりが学園始まって以来の神童なのかわからない行動を取っている。

「スッポンかおまえは⁉」

離せと最後の手段で右脚を振り上げた心梨は、ドメスティックバイオレンスも辞さない亭主関白なダーリンだった。

「うぉっ⁉」

しかし、そんな暴力夫の非道は叶うはずもないのだ。

「健気で可愛い新婚のハニーをスッポン呼ばわりしたね？」

自称健気で可愛いハニーな男は、ベッドでの寝技東洋チャンピオンを目指す冷酷非道なファイターに変身してしまうからである。

「べつに僕はスッポン並みに吸い取ってあげてもいいんだよ？」

それともスッポンエキスを生で飲ませてからじっくりジワジワ搾《しぼ》り取ってあげようか、と心梨のパジャマのボタンを外していく環の目はすっかりその気になっている。

「た、環っ、おおお落ち着け…っ」

抵抗も空しく剥ぎ取られていくパジャマの行方《ゆくえ》を涙目で追う心梨へ、軽いキスをして。

「僕は落ち着いてますよ、落ち着いてないのはダーリンのほうでしょう？」

にっこりと微笑むと、世にも美しい笑顔で環はこう言った。

「もっと落ち着かない身体に、してあげるよ」


その翌日――――。朝陽も眩《まぶ》しい初夏の通学路をトボトボと歩きながら、爽やかな朝に不似合いなため息を吐いているのは新妻の暴走を止められない数学教師、梅園心梨だ。

「クビだな、………今度こそ確実にクビだ」

教師でありながら一週間に二日も人に言えない新婚的事情で学校をズル休みし、尚かつ当日の朝に欠勤の連絡を入れるという暴挙に出ている心梨の気分は酷く重い。ズル休みが続いているだけでなく、ここ一年ほどほぼ慢性的に遅刻気味な日々が続いている不良教師ぶりが自分でも怖いくらいだからだ。

「………転職先なんてあるのかな」

それ以上に学校へ向かう心梨の足を重くしているのは、胸ポケットに押し込んだ反省文という名の告白文のせいだった。昨夜こっそりと環に隠れて書いた、苦心の逸品《いっぴん》である。正直に、ありのままを書いた反省文。読んだらきっと、校長も倒れるだろう。

「……環にも苦労させちゃうだろうな」

胸元へ忍ばせたそれは、昨夜心梨が悩みに悩んだ末に自分の手で書いたものだ。学校の教師のくせに反省文を書かされるというのも情けないが、書いた内容は名門学園の歴史に長く名を残す出来になっているだろう。

「呆れるかもしれないな……」

だって心梨は、どうしても嘘は書けなかったのだ。いつも環のせいにしているけれど、本当は大人である自分のほうに重大な責任があることも知っている。そして、学校に迷惑を掛けているのは紛れもない事実なのだ。ここで嘘ばかり並べ立てた反省文を提出して、平然と仕事を続けるのは教師として間違っている気がした。

「……………」

だから心梨は、本当のことだけを書いたのだ。好きな人がいて、もう一年も一緒に暮らしていること。付き合うようになって一年も過ぎたのに、まだ一緒にいたくて時々我慢ができなくなること。

そんな子供っぽい我が儘のせいで、学校に迷惑を掛けてしまっていることを。

「……すぐに仕事、見つけたら大丈夫だよな」

どうせクビになるのだから、適当な嘘を並べておけばいいと一度も考えなかったわけではない。けれど、心梨が勤めている学校は環と出会った大事な場所だからできなかった。

だから、せめて最後に嘘だけを残して去っていくのはやめようと、心梨は決めたのだ。

「…………」

きっと、心梨の好きになった環ならわかってくれるだろう。

「環のくせに、…………贅沢させてやれなくなるな」

ほんの少しの間だけ、環に苦労に付き合って貰おうと勝手に決めてしまうことにする。

だって環は、亭主関白な心梨が好きだと言ってくれたのだ。少しの間だけなら、ケチケチと倹約《けんやく》に努めるぐらいの苦労は我慢してくれるはずだと思う。

「なんにも買ってやってないな、…………引っ越しもしてないし」

今までだって、決して環に贅沢をさせてあげられていたわけではないけれど。本当は、もっと贅沢させてあげたいと思っていたけれど。

それは、いつかきっと叶えるから、少しの間だけ我慢させてしまうことにしよう。

「道路工事のバイトとかでも、食べて行けるよな」

とりあえず日払いの仕事を見つけるところから再スタートだ、と思い直すことで心梨は自分に活を入れることにした。自分が不安になっていてはいけない。しっかりしないと、もっと環に不安な思いをさせてしまうと思うからだ。

「よしっ、気合いを入れて校長室だ！」

それもこれも、心梨の自称可愛い奥さんのためだと思うと頑張れそうな気がしてくるのだから笑ってしまいそうになる。

今から怒られに行くのに、やっぱり笑ってしまいそうになる自分が可笑しいからだ。

「環め、速攻で帰ってやるからな」

自称奥さんな男に、まだ学校にも辿り着いていないうちから会いたいと思ってしまっている心梨は新婚病なのかもしれない。

そう思わせる原因の環が、今日に限って傍にいないからだ。

「…………環のくせに」

なんだか寂しいような気分になって、いつも環が駄々を捏ねる時と同じような気持ちになってしまいそうになる。

「俺より先に出かけるなんて反則だ」

甘ったれな環は今朝、おはようのキスを二分で終わらせ、送っていけなくてごめんねと何度かくり返しただけで慌ただしく部屋を飛び出して行ってしまったのだ。

帰りは迎えに行くからと、やけに嬉しそうな表情だけを残して。

「…………俺、終わりまで学校にいられるかわからないじゃん」

そういえば環はどこへ行ったのだろうと、心梨はふと首を傾げる。大学へ行く時には、尋いてもいないのに必ず今日は何講目までで何時には帰ると報告してくるのだ。急な変更がある場合には、携帯のメールに延々と長い説明の文章を打ち込んでくるほど環は従順な妻ぶりを発揮《はっき》している。反対に言えば、心梨の行動もすべて環の管理下に置かれているのだが、そこまで気の回らない心梨は珍しいこともあるもんだなと首を傾げただけだった。

「おはようございます、マイスイート小町」

学校の正門を潜《くぐ》った途端に掛けられた声に驚いて、心梨はビクビクしながら振り返る。

「あっ、あの……おはようございます」

その小動物じみた態度こそが、ある種の人間をうっとりさせているのだと心梨は少しも気づいていない。

「そのギヤマンの下に輝くつぶらな瞳が麗しい、今朝の小町はまるで……」

朝から古典ワールドに迷い込んでしまった自身の不幸を、ただ嘆いているだけだ。

「ああっ！　また一句浮かんでしまった」

その唐突な大声にビクッと肩を跳ねさせて、望まない展開の連続に俯く心梨はズレてもいない眼鏡を押し上げるふりをするぐらいしかできない。

「あ、あのっ、私は急ぎますので！」

深草が短冊を取り出す隙を突いて逃げ出そうとした心梨は、けれどガシッと鞄を掴んだ予想外に強い力に逃げられなくなる。

「相変わらず小町は奥ゆかしいですね、さあ遠慮せずにいざ朝の和歌を」

遠慮じゃなくて迷惑なんだ、という一言がどうしても言えない心梨は人間関係において気がついたら損をしているタイプだ。

「シルブプレ〜小町の瞳にマンジャーレ〜」

抵抗をものともせずに朗々と和歌モドキを詠み始める深草は、気がついたら自分の思いどおりにコトが運んでいるタイプだと言えるだろう。

「あっ、松浦先生だ！」

ふと視界の端を掠めた松浦に自分から声を掛ける心梨は、目の前にある和歌短冊の存在で頭がいっぱいだった。そうでなければ二日前に起こった不幸なキス目撃事件と、悪夢のような環の新婚宣言を忘れて呑気に声を掛けられるわけがない。

「おはようございます松浦先生、あれ？　なんかヨロヨロしてますね？」

声を掛けてから、ふと気づいたように心梨は松浦の目の下へ浮き出た隈《くま》に首を傾げた。

そんな心梨に挨拶を返した松浦は苦悩めいたため息を吐く。

「ああ、心梨ちゃん聞いてくれよ………」

その松浦は松浦で、一昨日に目撃したキス事件のことなど忘却《ぼうきゃく》の彼方《かなた》にあるかのような疲労困憊《ひろうこんぱい》ぶりだ。

「……実はオレ一昨日さぁ、深草の野郎に取っ捕まって無理やり獅子《しし》ダンスを」

顔を上げた途端に、心梨の後ろを凝視《ぎょうし》して松浦はピシリと固まる。

「獅子ダンス？」

その聞き慣れない単語に首を傾げた心梨は、その松浦の表情に気づいていない。

「松千代丸は、この秋めでたく私とともに文化祭で踊りを披露することになったんですよ」

正しくは連獅子です、という解説を背後から加えたのは和歌を中断した深草だ。

「ずっと連獅子の相手を捜《さが》していたんですが、とうとう適任を見つけてね」

体力のありそうな人材を捜していたのだとほくそ笑む深草は、松浦まで古典ワールドへ引きずり込むことに成功したらしい。

「出たーッ！」

唐突に叫ぶなり、松浦はヨレヨレの足取りで走り去ってしまった。

「何が出たんだ？」

首を傾げている心梨の後ろで静かにパタリと扇子の閉じられる音がする。

「マイディア小町、残念ですが、やんごとない急用を思い出してしまいました」

振り向いた心梨は、深草が和歌の途中で去ってくれるという類《たぐ》い希《まれ》な幸運に思わず満面の笑みで「どうぞお構いなくっ！」と叫んでしまった。

「私の若獅子が思ったよりも元気そうなので、調教《ちょうきょう》し直さなければならなくてね」

フッ、と口許を扇子の端で押さえながら話す深草の笑みに心梨は気づかない。

「いえっ、本当に私のことはお気になさらずに！」

全力で深草を追い払うことに集中しているからだ。

「今朝の分の和歌は、また昼餉《ひるげ》の席にでもお持ちしますから」

じゃっ、と軽く扇子を上げた深草はトトトトッと音速の勢いで踏んだ飛び六方で颯爽《さっそう》と消えて行った。

「どんどんスピードアップしてる……あれも一種の進化だな」

ヒルゲってなんだ、と首を傾げながらも六方での最高時速はどのくらいなのだろうと、どうでもいいことに思考を飛ばしていた心梨は。

ポロロロロン、という年季の入った校内放送の音楽にピタリと足を止めた。

「………いよいよ来たか」

予感とでも言うのだろうか。

『数学科の梅園先生、梅園先生』

辺りへ響く呼び出しの声を、やけに透徹《とうてつ》した気持ちで心梨は聞き入った。

『校内にいらっしゃいましたら、至急校長室までお越しください』

覚悟はできている。未練《みれん》がないと言ったら嘘になるけれど、それでも自分が投げ出した仕事の責任は自分自身で取るのが男だ。

「…………」

解雇《かいこ》を言い渡されたら、ありがとうございましたと心からの感謝を述べようと決意する。

あの白い校舎の中で、心梨は何よりも大切なものを見つけたから。

最後はやっぱり、謝罪ではなく感謝の言葉で終わりたいと思った。

「……環め」

たとえば誰かを好きになる時に感じる、キラキラした気持ちやドキドキするような幸せ。

それを見つけることができた大切な場所だから、簡単に忘れたりしないよう、しっかりと瞳に焼きつけておきたいと思う。

「貧乏暮らしになっても、愛想尽かすなよ」

滲みかけた目尻の端を拭って校舎を見上げた心梨は、晴れやかに微笑った。

校長室の重いドアをノックする時、本当はちょっと足が震えていた。今までにも何度か訪れたことがあるはずの部屋は、けれど今日は心梨を切なくさせるみたいだ。

「どうぞ」

入室を促す声に答えることもできないくらい緊張でガチガチになりながら扉を開ける。重い木の扉を開けて中へ入るなり、心梨は思いきり深く頭を下げた。

「失礼します」

頭を下げた格好のまま、俯いて。前も見ないで真っ直ぐに校長専用の重厚な机の前まで歩み寄った心梨は、たったそれだけのことにも足が縺《もつ》れて震え出しそうな状態だった。

「し、失礼します」

震える手で胸のポケットから取り出したのは、迷いながら一生懸命に書いた反省文だ。その存在は、まだ環にも言っていない。

「………勝手なことばかりして、すみませんでした」

あとで説明すると数学準備室で約束したし、実際にあのあと、環は何度も心梨を問い質《ただ》そうとした。何を深草先生に頼もうとしたのか、どうして環を頼ろうとしなかったのか、何度も環は尋ねたのだ。けれど、どんなに尋かれても結局最後まで何も答えられなかった。

そんな心梨を環は酷いと甘く詰ったけれど。

環を悲しい気持ちにさせることを言うことは、心梨にはできなかった。

「その反省文は、正直な気持ちで書きました」

環が可愛い奥さん気取りの男だとするなら、心梨だって負けないくらい亭主関白気取りの男なのだ。

妻に相談もなく仕事を辞める男を演じても、一度きりなら許されるだろう。

「こんな理由で何度も休むなんて、許されないと自分でもわかっています」

我が儘だったのは、二人ともだけれど。

「でも、新婚だからって……あいつが言うから」

問い詰める環に答えなかったのは、心梨だけの我が儘だ。

「我が儘、可愛くて――なんでも聞いてやりたくなるんです」

七つも歳下の、可愛い奥さんだから。歳上の亭主関白な先生としては、新婚の間くらい我が儘を聞いてやりたいと思ってしまうのは仕方がないのだ。

「……覚悟は、できてます」

キッパリと言って、零れた涙をグイッと手の甲で乱暴に拭い去る。

「この学校に採用してくれたこと、本当に感謝しています」

精一杯の感謝を込めて、もう一度心梨は机に向かって深く頭を下げた。

「本当に、ありがとうございまし、……えっ？」

そうして、ゆっくりと顔を上げて校長を見た心梨は。

「やっと僕に気づいてくれたね、ダーリン？」

予告もなく落ちてきた甘い声の存在に、目を大きく見開いてしまった。

「たま、き……？」

大きな校長用の机に座っていたのは、スラリとした長身をスーツに包んだ美貌の男だ。

「奥さんに相談もなしに仕事を辞める旦那様なんて、ちょっと酷いよ？」

冗談めかすように言って、綺麗に微笑む。その男は今朝マンションで別れたばかりの、可愛くて我が儘な。

心梨だけの、大切な――――環だった。

「でも我が儘で悩ませた僕は、……奥さん失格だった」

ごめんね、と甘い微笑みを涙で歪ませた環に、首を何度も横に振って否定する。

「俺も、……俺もちゃんとおまえのこと、叱れなかったから…っ」

環だけのせいじゃない、と言ってやるのが精一杯だ。

「………心梨さん」

感動で声を詰まらせた環の、潤んだ瞳に震えそうな掌をギュッと握り込む。

「我が儘、少しずつ直していくから…………呆れないで」

不安でいっぱいの瞳が揺れるから、もう抱きしめたくてたまらなくなった。

「……環」

だから、ほんの小さな声で名前を呼んで。そっと、大切な人を抱きしめるための両腕を心梨は差し出してやるのだ。

「！」

そうしたら、躾《しつけ》のなっていない奥さんは大きな机の上を靴のまま飛び越えて。

「……っ」

声も出せないほど強く、心梨を思いきり抱きしめてくれた。

「バカ環、…………環のくせに泣くなよ」

背中を掻き抱く腕が、痛いくらい強くて笑ってしまったけれど。

「俺の、――――――可愛い奥さんのくせに」

全身でしがみつくみたいに抱きしめてくる腕に応えるように、強く抱きしめ返したら。

我慢できずに溢れ出した涙に、心梨は声を上げて泣いてしまった。

年甲斐《としがい》もなく思いきり声を上げて泣いたあと、だんだんと少しずつ冷静さを取り戻してきた心梨は、そんな自分の醜態《しゅうたい》をリアルに思い返した途端、猛烈《もうれつ》に襲ってきた羞恥に顔も上げられなくなっていた。

そして今現在、そんな心梨の胸を占めているのは史上最大級の不機嫌だ。

「先生が、こんなに僕を可愛いと思ってくれてるなんて知らなかった」

甘ったるい声で、しつこいほど何度も『ダーリンに溺愛《できあい》されている自分』を語り続ける出来の悪い奥さんが。

どうしてこの場にいるのかという疑問に気づいてしまったからである。

「ごめんね、いっぱい悩ませたよね…………許してくれる？」

すっかりいつもの調子で心梨を慰めることに酔っている環は、そんな心梨の眉間に深く恐ろしい皺が発生していることにまだ気づいていないらしい。

「許してくれるよね、だって先生の可愛い奥さんのお願いだもの」

その浮かれきった声の明るさが、なぜだかやけに忌々しく思える。

「我が儘、可愛くてなんでも聞いてあげたくなっちゃうんだよね」

僕の心梨さんは、なんて嬉しそうにくり返す男が、もっと早く話しかけてさえいれば、心梨はあんなに恥ずかしいことを本人に言う必要はなかったのだ。

「このラブレター、一生の宝物にするから」

おまけに、ラブレター呼ばわりされている苦悩の反省文は事件の証拠品のように環の手に奪い取られたまま返される気配すらない。

「ふふ、可愛い妻のワガママを聞いてやりたいと思いました、だって」

もう最高のノロケだよね、なんてデレデレしている頬っぺたを思いきり張り倒してやりたくなる気持ちを抑えて心梨は怒りの沈黙を守る。

「もうこれからは、どんな喧嘩《けんか》をしても意地悪を言われても平気だね」

だって僕にはこのラブレターがあるもの、と言う環はこれからことあるごとに反省文を取り出して水戸黄門の印籠のように振りかざすつもりなのだろうか。

「ダーリンだって、これを読み返せばピュアな新婚時代を思い出せるでしょう？」

その可愛い子ぶった口調の裏に、悪徳金融並みの「これが証文だ」的な何かを感じるのは心梨の気のせいではないのだろう。

「ふふふ、愛の証拠があるって素敵だね」

ね、ダーリン、なんて小首を傾げて見せる環は紛れもなく可愛い悪魔そのものだった。

「………環」

腹の底から響く、心梨の低い声も浮かれた環の耳には可愛らしく聞こえるのだろうか。

「なんですかダーリン？」

覗き込むように心梨へ顔を寄せてきた環の目は、ハートの形をしていないのが不思議なほど甘く潤んでいた。

「なんで、おまえがそれを持ってる？」

地を這《は》うような暗い声で尋ねた心梨に、けれど小首を傾げたポーズのまま環は晴れやかな笑みを絶やさない。

「だって僕へのラブレターだもの、僕が持ってるのが当然でしょう？」

宝物にするしかないよね、なんて微笑む環は幸せの絶頂《ぜっちょう》にいるような表情をしている。

「違うッ！　ラブレターじゃないッ、それは反省文だ！」

けれどそれは、本当にラブレターではないのだ。心梨が必死の想いで書いた、真面目な正真正銘の反省文なのである。

「ああ、そういえば『すみませんでした』とか『申し訳ありませんでした』とか書いてありましたっけ、と惚けて見せる環が憎らしい。

「でもダーリンったら面白いね、全部語尾がでしたで終わるんだもん」

心梨の貧しい文章能力まで指摘してしまうからだ。

「わっ、悪かったな！」

どうせ俺はだった文しか書けない男だよ、と逆ギレしてしまう心梨は事実を指摘されると腹が立ってしまうタイプの人だった。

「バカだねダーリン、少しも悪くなんかないよ？　だって素敵だもの」

感動しちゃうくらい、とまで言ってしまえる環は心梨に関するすべてに無理やり長所を発見してしまえるらしい。

「先生は英米文学の流れを汲《く》んでるんだね、文章が全部過去形で揃えてある」

イギリス系の小説は基本的にすべて過去形で書くのが正しいんだよ、という環はオールマイティな元神童だ。文系も理系もできる上に身体能力にも秀でている。どこかに欠点があるとしたら、その自分ルールで生きる性格だけだろう。

「俺は英米文学系だったのか……！」

思わず長年の疑問の答えを知ったかのような感動を覚えてしまう心梨は、骨の髄《ずい》まで環ルールに洗脳《せんのう》されている。

「そうだよ」

断言してしまう環は日本語の反省文としてどうかなどという些末《さまつ》な問題には拘《こだわ》らない。

ましてや美しい日本語かどうかなんて、どうでもいいのだ。

「先生の真っ直ぐな気持ちが、溢れるくらい素直に伝わってくる」

素敵だね、という環の気持ちと書いた心梨の気持ちには微塵も嘘はない。

「先生の純粋な愛情だけでできたラブレターだから、一生大切にしますね」

だから、反省文としていかがなものか、なんて突っ込むほうが野暮《やぼ》なのだと言いきってしまっても問題はないだろう。

「ま、待てっ！　とにかくそれは違うから返せ！」

うっかり流されそうになった心梨は、けれどそれを反省文として校長に提出する決意を捨てきれずにいた。

「それは校長先生に提出しなきゃならないんだっ！」

なぜならそれは、社会人として心梨のつけるべきケジメの証《あかし》として一生懸命書いたものだからである。

「ダメだよ、これはもう僕のものです」

絶対に他の人間になんか渡さない、なんていう環の我が儘にも心梨は今度こそ流されてしまうわけにはいかないのだ。

「環っ！」

もう我が儘は聞かないからな、と怖い顔をした心梨に、どうしようかと一瞬だけ考える素振りを見せてから環はため息を吐く。

「………だから、本当にこれは僕が持っていていいんです」

諦めたように肩を竦めて見せた環は、けれど頑なに反省文を返そうとはしなかった。

「どういう意味だ？」

その矛盾した言動に眉を寄せた心梨にとっては、生活が懸かっている人生の大問題だ。ちゃんと問い質すまで諦めるわけにはいかない。

「………本当は、来週まで秘密にしてる予定だったんだけど」

先生がどうしてもって言うなら、仕方がないよね。なんてため息を吐く環に、ますます疑問が募って心梨は首を傾げた。

「何が？」

なんとなくさっきから環が、わざと思わせぶりなことばかり言って心梨の気を引こうとしている気がするからだ。

「う〜ん、あのね先生、校長先生の上司って誰だと思う？」

ちょっと悪戯っぽく瞳を瞬かせる環の、言っている意味自体が心梨にはわからない。

「校長先生の上司？　もっと偉い人ってことか？」

だから素直に問い返したら、環は楽しそうに微笑って頷いて見せる。

「そう、たとえば校長先生を雇《やと》ったりクビにしたりできる人」

だ〜れだ、なんてクイズの問題みたいに言って環は悪戯っぽく心梨を見つめた。

「……………そ、総理大臣？」

それとも教育委員会か文部科学省か、と眉間を寄せて懸命に考える心梨は自分の勤める高校がれっきとした私立校だということを忘れている。

「総理大臣もいるだろうけど、その前に理事とか副理事とかいろいろね」

校長よりも偉い人はいるんだよ、と悪戯っぽく笑って環は心梨の手を取った。

「で、副理事さん」

その指を自分へ向けて、環は謎めいたことを言う。

「副理事さん？」

言われたことをオウム返しに呟いて、環を指している自分の指先を見つめる心梨はまだ少しも理解できていない。

「はい、なんですか梅園先生？」

まるで返事するみたいに言った環に、ポカンとして一瞬だけ言葉を失う。

「副、理事さん……………？」

くり返した心梨は、ジワジワと脳内に染みてきた単語に呆然とした。

「そう、副理事さん」

可笑しそうに笑って、ちゅっと頬へキスしてきた環の悪戯っぽい表情にも、まさか、という呟きしか返すことができない。

だって、この間まで環はただの高校生だったはずなのだ。

「正式な就任は来週の火曜、…………先生のお誕生日の朝だよ」

それが来週には自分の上司になってしまうなんて、にわかには信じられなかった。

「お誕生日まで秘密にしておくつもりだったけど、仕方がないよね」

緊急事態だったから、という環の唇が指先へキスするのを呆然と見つめて。今言われたばかりのことを脳内で整理していくだけで心梨には精一杯だ。

「僕が就任する前に退職されちゃったら、意味がないでしょう?」

なのに環は、まるで秘密にしていた夕食のメニューを先に言ってしまった時のような、そんなごく軽い調子で言うのだ。

「せっかく昼間も堂々と一緒にいられる職場なのに、辞めるなんて言わないでね」

チュ、と心梨の指にキスする環の言っていることもわからなければ感覚もわからない。

何をどうやったら、ただの大学生が学園の副理事になれるのか想像もつかないからだ。

「な、なんで？」

やっと出た声は掠れていて、やっぱり頭の中は酷く混乱したままだったけれど。

「僕とずっと一緒にいたいって、言ってくれたでしょう？」

あんなふうに泣かれたら、どんな我が儘だって叶えちゃうよ、なんて当たり前みたいに言う環の言葉だけは、なぜかストンと素直に胸へ落ちてくる気がした。

「じゃあ、副理事って……ホントに？」

ようやくのように心梨が理解したのは、その信じられない事実だけだ。

「先生の環は、意外に優秀だって言ったでしょう？」

もう忘れちゃったの、なんて甘く詰るみたいに尋ねる環は意地悪だ。そんなの、心梨に忘れられるはずがないと知っているくせに言うのだから。

「先生の可愛い環のくせに、夢も実現できないなんて自分で許せないからね」

だから実現しちゃった、なんて環はなんでもないことのように言う。

「だって、いつもダーリンの傍にいたいから」

けれどそんな甘えた口調で、何もかもが誤魔化せると思ったら大間違いなのだ。

「……………どういうことだ？」

実現したかったからしちゃった、という軽さで伝統ある高校の副理事に一介の大学生がなれるわけがないからである。

「ずっと卒業しない高校生のままってわけにはいかないからね」

そして、こんな大それたことが昨日や今日の思いつきで叶うはずがないのだ。だから、絶対に怪しいと環を睨んだら。

「一生に一度の我が儘で、この学校、お誕生日プレゼントに貰っちゃったんです」

環はちょっと甘えるみたいに上目遣いに心梨を見つめて、悪戯っぽく囁いた。

「は？」

校長用の広い机へ腰をかけた環の、長い足の間へ腰を挟み込むみたいに抱き寄せられたまま固まる心梨は、常識的かつ庶民的な思考から抜け出せないでいるらしい。

「お祖父様に可愛くおねだりして、ダーリンの環が貰っちゃいました」

お誕生日プレゼントだよ、という奇妙な説明を聞いた心梨は眉を顰めていた。何か今、とてつもなく理解できないことを聞いたような気がしたからだ。

「べつに子供みたいに駄々を捏ねたわけじゃないよ、大学の入学祝いも兼ねてるから」

だから学校ぐらい貰っても妥当《だとう》だよね、と言う環の実家の感覚こそがわからない。

「お、お祖父様？　おねだり？　プレゼントって……学校？」

子供の誕生日プレゼントに、学校。大学祝いも兼ねてるから妥当。高校を一つ、ポンと孫にくれてやる老人というのは何者なのだろう。

「お祖父様って……」

何かヤバイ人なのだろうかと考えてしまう心梨は悲しいほど庶民だった。すでに心梨の頭の中で、環の祖父は銃を構えたゴッドファーザーと化している。

ようするに環は心梨には想像もつかない、未知の金持ちワールドの住人なのだ。

「あっ、お祖父様にヤキモチとかそういうのはナシだよ？」

けれどそんな心梨の沈黙をどう取ったのか、慌てたように言う環はとことん自分ルールで思考を動かしている。

「だっていくらなんでも、お祖父様もう九十近いし」

もちろん身長じゃなくて年齢がだよ、といちいち真剣に断りを入れる環に、もう心梨は何を言っていいかわからない気分だ。

「ヤキモチ焼いて貰えても素直に喜べないっていうか、空しくなるからね」

だからしないでね、なんて勝手なことを言っている環を遠い気持ちで眺める。

「金か、……所詮《しょせん》は世の中、金なのか」

やっぱり金なんだよな、と呆然と呟いた心梨は、しがない数学教師にすぎない我が身を振り返ると泣けてきそうな気分になってきてしまった。

「え？　ホントに老人にまでヤキモチ焼いてくれちゃったの？」

どこか浮かれたように顔を覗き込んでくる環の、考えていることが何から何まで心梨に理解できなくても仕方がないと思った。

だって環と自分は、あまりにも違う環境で生まれ、そして育ってきたのだ。

「血の掟《おきて》か……大変そうだな」

環が生まれ育ったのは、心梨が育ったような平凡な公務員家庭の小さな団地ではない。たとえるならば、コルシカ島のコルレオーネ一家by日本バージョン。きっとそんなようなところで環は育ったのだろう。

そうとでも思わなければ理解できない心梨は、強引にそう脳へ思い込ませた。

「血の掟？」

不思議そうに首を傾げる環に、わかっていると頷いてやる。

「安心しろ、誰にも秘密は言わない」

ゴッドファーザーによろしくな、とニヒルに唇の端を歪めて見せた心梨は、もう本当は半泣きの気分だった。

だって、本当に心梨は死ぬほど悩んだのだ。

「もしかして何か勘違いしてますね？」

環の我が儘を聞くことは、教師として間違っていることにも気づいていた。

「………もしかして、僕が上司になっちゃうのは嫌？」

その我が儘だって、半分は心梨も望んでいた幸せな我が儘だと言える。

「違う」

けれど心梨は、本当に本気で環を一生養っていく気でいたのだ。決して多くはない給料を、それでも給料日には環に渡せるのが誇らしかった。

ご苦労様、って。一緒に喜んでくれる環を見るのが何よりも嬉しかったのだ。

「じゃあ、勝手なことして怒ってる？」

給料を渡したあと、それを環がどう使っているかなんて考えたこともなかった。ただ、ささやかな給料日の夜に作られるご馳走《ちそう》に二人で笑っていただけだ。

環にとっては、心梨の給料なんて小遣いにもならない額だったかもしれないのに。

「………どうして泣いてるの？」

抱きしめられるまま、環の肩へ顔を埋めて。唇付《くちづ》けようとする環の唇から顔を逸らしてしまうのは、胸を焦《こ》がすくだらないプライドのせいだ。

「お願い、………ちゃんと全部、教えて欲しい」

悪いところがあるなら全部直すから、という声に答えてやることもできないのは、環を養ってやろうなんて馬鹿なことを考えていた自分を知られたくないからだ。

「心梨さんが泣くと、僕まで悲しくなっちゃうよ」

それでも環の腕から逃げないのは、それでも一緒にいたいと思うからだろうか。

「べつに、………おまえは悪くないから」

悪くないのに、悔しくて。わかっているのに、悲しくなった。

「心梨さん……？」

七つ歳下の、可愛い奥さん。守ってやらなきゃなんて思っていたのは、自分だけだったのだと、わかってしまったからだ。

「金持ちなんて、聞いてない」

自分のほうが歳上だから、環を養ってやるのが当たり前だと思っていた。自分が買ってやった安いプラチナの指輪なんかを、馬鹿みたいに喜んでくれたから。

いつか、ダイヤが付いているような豪華な指輪を買って。

「が、学校、貰えるような家なんて、わからない」

もっと喜ばせてやりたいなんて、心梨は本気で思っていたのだ。

「俺、そんなの、知らな…から…っ」

世の中はお金じゃないなんて、口では言うけれど。環にとっては、本当にそうなのかもしれないけれど。

学校をクビになるかもしれないと思った時、心梨が真っ先に心配したのは。

「クビになったら、おまえに苦労させるって……っ…思って、……う…っ」

世間知らずで、可愛い奥さん気取りの。大切な環のことだけだった。

「――――ごめん！」

ギュッと抱きしめられる感覚に、謝られるようなことじゃないとわかっているのに胸が締めつけられる。

「ごめん、勝手なことして……ごめんなさい」

真摯な環の声が、胸に痛くて。それが心からの言葉だとわかるから、もう責めるなんてとてもできそうになかった。

「心梨さんを傷つけるつもりじゃなかった」

どう言えばいいだろうと、迷うような環の唇がこめかみのあたりで動く。動けないまま、心梨はしゃくり上げる嗚咽を必死に整えていた。

「……ただ、本当に好きで」

小刻みに震える背中を、環の大きな掌がゆっくりと撫でていく。それだけで苦しかった息を自然に吐き出せる気がして、心梨は大きく息を吐いた。

「ずっと、離したくなくて」

頬へ触れた環の唇が、痛い吐息を吐き出すみたいに細い声を囁く。まるで、苦しかった心梨の息が環へ移動したみたいに。

「こんなふうに、一緒にいたかっただけなんだ」

小さな声で呟いた環は、酷く辛そうな表情をしていた。

「僕の我が儘で辛い思いさせてるの、本当はわかってた」

細かく震える環の唇が、泣いてしまいたいと言っているようで切なくなる。

「可愛い奥さんでいたいと思ってるのに、やっぱり僕は我が儘ばっかりで」

そっと唇へ触れた指先に、環が泣き笑いのように小さく微笑む。それが泣くのを必死に我慢している仕種に見えるから、たまらなくなった。

「先生はいつも、大人でいてくれるから」

無理に笑おうとして失敗したような、ぎこちない表情。

「僕は甘えて、我が儘言って――困らせるのが当たり前になってた」

ごめんねと小さく呟く声は、少しも環らしくないのに。

「環……」

なぜだかそれは、心梨が好きになった環の本当の声のような気がした。

「ごめんね、……僕は少しも可愛い奥さんになれなかったね」

ぎゅっと抱きしめてくる腕。背中に触れる掌は、熱を持って少し震えている。

「子供っぽくて、甘えるばっかりで……先生に少しも相応《ふさわ》しくない」

大人びた、まるで可愛くない生徒だったはずの環が。

「たまき」

こんなに可愛いと思うようになってしまったのは、一体いつからだっただろう。

「でも嫌なんだ、先生と一緒でなきゃ」

聞きたくないと言うみたいに早口になった声が可笑しくて、笑ってしまいそうになる。

「どんなことでも、言うこと聞くから」

必死に言い募るような声の掠れが、胸が痛くなるくらい愛しいと正直に思えた。

「環…っ」

悲しくなる言葉を最後まで言わせたくないから、少しだけ背伸びをする。

「……先生？」

そっと一瞬だけ触れて、すぐに離れてしまうようなキス。それでも、環を黙らせるには充分すぎるキスだ。

「バカ環、……可愛いって言ってるだろ」

コツンと額を合わせる仕種に、環の表情にパッと笑顔が広がる。そんな環の笑顔までが可愛いなんて、自分でも終わっていると思うけれど。

「僕で、いいの……？」

信じられないような口調が憎らしいから、ちょっと叱るみたいに睨んでやるのだ。

「悪くっても、俺の――――奥さんだからな」

もう一度だけ背伸びをしたら、環は幸せで死んでしまいたいような表情をした。

「意地悪だね、可愛いが抜けてるよ」

さっきまで泣きそうだったくせに、もう笑っている環が可笑しい。

「当たり前だろ、本当に可愛くないんだから」

憎たらしい口調で言い返してやる心梨も、さっきまで泣いていた自分を忘れているから、お互い様だ。そんな二人は、やっぱりお似合いなのだろう。

可愛くないハニーと、憎たらしいダーリンなんてね。

「さっきは可愛いって言ってくれたくせに」

わざと拗ねた口調で言って甘えてくる環は、もういつもの可愛い奥さん作戦に出ている。

可愛い口調と態度で心梨をメロメロにさせようとしているのだ。

「本当は僕のこと、可愛くて仕方がないんだって言って」

すぐに調子に乗る環は、やっぱり可愛いから憎らしい。そんな罠《わな》に嵌まるのは悔しいから、心梨は素直に言ってなんかやらないのだ。

「絶対イヤだ」

意地悪く言ってやった心梨に、環が笑いながら駄々を捏ねる。

「おまえなんか、我が儘だし」

だからほんの少しだけ妥協して、心梨は意地悪な告白をしてやることにした。

「すぐに環ルールで俺のこと洗脳しようとするし」

苛めっ子みたいに環を睨んで、ドキドキしてる心臓にギュッと意地悪く頬をくっつけて音を聞いてやる。

そうしてあとで死ぬほど揶揄かってやるのだ。ドキドキ環なんて、意地悪く呼んで。

「新婚病になるぐらい、くっついてばっかりだから鬱陶しいし」

心梨がそんな意地悪なことを考えていることも知らずに、やけに神妙な表情をして大人しくしている環が可笑しい。

「せっかく苦労させてやろうと思ったのに、させないし」

こんなに環がドキドキしていることを、知っているのは自分だけだから。

「環のくせに本当は金持ちのマフィアの息子なんて、憎たらしいけど」

本当は、自分のほうがもっと。ドキドキしてしまっていることは、死ぬまで心梨だけの秘密にしておくことにした。

「マフィア？」

怪訝そうな声が聞こえても、ここは男らしく無言で無視だ。だって心梨は、もっと環がドキドキしてしまうようなことを言ってやるのだから。

きっと今は、細かいことに構っている場合なんかじゃないのだろう。

「けど、やっぱり――可愛いから」

そう告げた瞬間、環の心臓のドキドキは二倍の速度に跳ね上がる。

「もう一生、俺の環って呼ぶことにした」

笑ってしまいそうな、人生で二回目のプロポーズの言葉。それが二回とも、同じ相手に捧げられることが誇らしかった。

「だから、環は死ぬまで――俺の可愛い奥さんでいろよ」

その言葉を最後まで格好良く言い終わることに必死で、心梨の心臓のドキドキはいつもの三倍速ぐらいになっていたかもしれない。

「へ、返事は…っ？」

だからせっかく聞くチャンスだった環のドキドキを、心梨は聞き逃してしまった。

「意地悪……イエス以外、ありえるわけないって知ってるくせに」

拗ねたような環の声が、その時。本当は少しだけ震えていたことを、心梨は喉元へ押し当てていた額の感触で知った。

「もっと、ちゃんと言えよ」

環のくせに、と思った言葉は声に出ていたのかもしれない。

「心梨さんの可愛い環が、断るわけないでしょう？」

見上げた環の瞳は、零れてしまわないのが不思議なくらい潤んでいた。

「死んでも離さないでね、ダーリン」

約束だよ、という言葉にカッと頬が熱くなって泣く寸前みたいに喉の奥が痛くなる。

「……約束する」

絶対離さないから、という言葉は吐息みたいに掠れてしまった。

「もう、……嬉しくて死んじゃいそう」

クタっと急に力が抜けたみたいに凭れ掛かってくる環の身体を咄嗟に受け止めて、その重さにヨロめきそうな踵《かかと》へ必死に力を籠《こ》める。

環を支えてあげられることが、なんだか嬉しいなんて可笑しいだろうか。

「死ぬなよ」

環のくせに、なんて揶揄かうはずの声が、自分でも照れてしまいそうなほど甘ったるくなって頬が熱くなる。

「死ねないよ、せっかく心梨さんの環になれたのに」

答える環の声のほうが、もっと甘いから恥ずかしくなんかないのだ。

「もったいなくて、あと二百回はプロポーズしてくれなきゃ死ねない」

くすぐったくなるような甘い声で言って、ねだるように心梨へ頬を擦り寄せてくる環は相変わらずの我が儘ぶりだ。

「そ、そんな何回もドキドキしたら俺のほうが死ぬだろっ」

これ以上ドキドキが速くなったら死ぬと、環の頭を心臓へ押しつけて言った心梨の胸は本当に死んでしまいそうなくらいバクバクしている。

「これ、僕のせい……？」

なのに途端に嬉しそうな表情をする環は、そうなってしまった素敵な理由を知っているから心配もしてくれない。

「おまえ以外の誰が、こんなにドキドキさせるんだよ？」

面白くなくて、薄情者と唇を尖らせたら環は唇の先を掠めるようなキスをくれた。

「じゃあ、ダーリンの心臓のために残りの二百回は僕から捧げよう」

なんて微笑ってしまいながら、囁く環の男っぽい表情にドキリとしてしまう。いつもの可愛い環ではない大人びた表情に、見惚れてしまいそうになるからだ。

「心梨さんはただ、俺もって頷いてくれるだけでいいからね」

ちょん、と触れるだけのキスに二人して笑ってしまいながら何度も唇を触れ合わせる。

「僕の傍に、ずっといてくれるだけでいいんだ」

環が話す言葉の合間に、二人は何度も数えきれないほどのキスをした。

「だから、二百一回目はもう一度」

ほとんど唇を触れ合わせたまま環は話していたから、それは明確な記憶ではないのかもしれないけれど。

環からだったり、視線にせがまれて返す心梨からだったりしたキスは。

「ダーリンの口から聞かせてね」

その言葉の返事をする時だけは、確かに心梨からのキスで唇へ伝えた。

「……………ありがとう」

照れた環の表情が可愛かったから、たぶんそれだけは間違いないのだけれど。この時のキスは数ヵ月後に環が、あの時のあのキスは絶対に僕からだったと延々と言い張ることになる重要なキスだということを、この時の二人はまだ知らない。

なぜなら、この時の二人は盛り上がる衝動に理性を失いかけていて。

「ねぇダーリン、可愛いハニーの我が儘を一つだけ聞いてくれる……？」

そんな環の熱っぽい我が儘に、もう心梨は流されそうになっていたし。

「もう環の我が儘は聞き飽きたぞ」

環はそんな、流される寸前の心梨を誘惑することに夢中になっていたからだ。

「最後の我が儘にするから、お願い」

もう何度も嵌まったはずの甘い罠は、呆気なく心梨を誘惑の淵へ押し流す。

「今日はもう、学校なんてサボっちゃおうよ」

可愛いハニーの我が儘に、理性を見失ったダーリンはキスで答えてしまった。


それは七月十四日の爽やかな朝だった。その日開かれた臨時の朝礼に現われたのは卒業した今もなお在校生に語り継がれている伝説のカリスマ、桜大路環だ。

「今日から副理事に就任させていただくことになりました、桜大路環です」

にこやかな微笑みを浮かべたまま、よく通る声で話す若き副理事の凛々《りり》しい姿に誰もが見惚れていると言っても過言ではない。

そんな環の姿をグラウンドの隅から見守る心梨の目も、すでに感動で潤んでいた。

「まだ大学に籍を置く若輩者《じゃくはいもの》ではありますが、よろしくお願いします」

堂々と落ち着いて話す環の姿に、いつの間にか立派になりやがって、などという我が子の成長を見守る親のような微笑ましい感動に包まれているのだ。

「この素晴らしい学園で、私は何物にも代えられない素晴らしいものを得ました」

マイク越しに伝わる朗々と語る環の声へ、うんうんと頷きながら心梨は涙を拭う。

「素晴らしい教師との出会いと愛情、そして生涯《しょうがい》かけて叶える大切な夢です」

目尻へ滲む涙をハンカチで抑えるのに一生懸命になっていた心梨は、そんな環の微妙な問題発言の始まりを聞き流してしまったらしい。

「私には夢があります」

まるでどこかの指導者のようなことを言い始めた環の熱い視線は一点へ注がれている。

「愛する人を、誰よりも一番近くで守れる人間になりたいという夢です」

そんな視線にも気づかずに涙で曇ってしまった眼鏡を必死に拭っていた心梨は、そんな環の問題発言が思いきり自分へ向けられていることにも気づいていなかった。

「…………ちょっとまだ、ご本人は気づいていらっしゃらないようですが」

環の冗談めかした苦笑に、視線の先を追っていた会場からドッと笑いが湧き起こる。

「その夢を叶えるために私は一度この学校を卒業し、そして帰ってきました」

突然ざわめいた生徒たちの様子に首を傾げた心梨は、自分が学校中の注目を浴びているという事実にも気づかずに再び潤んだ瞳で壇上の環を見上げた。

「皆さんも、この今しかない輝かしい高校時代に素敵な夢を見つけてください」

その晴れやかな環の表情と美貌に、ため息にも似たざわめきが広がっていく。

「誰にも褒め称えられることのないような、自分だけの夢でいい」

仮にも在学中にカリスマとまで謳《うた》われていたのは伊達《だて》ではなかったのだろう。

「その夢に向かって努力する真摯な姿勢を守るためになら、私は全力で援護《えんご》します」

流れるような環のスピーチは、生徒たちの心を確かに掴んでいた。

「ただし、恋の相談だけは私ではなく古典を愛する深草先生へどうぞ」

心梨としては、なんだか癪なような誇らしいような、複雑な気分になりそうだ。

「伝統ある我が校の末席を汚さぬよう、精一杯努力することを誓います」

真面目な表情に戻ってスラスラと話す環は、優等生そのものだ。子供の頃から壇の上で話すことに慣れている環の辞書に緊張という言葉はないらしい。

「では最後に、私信になりますが私から個人的なメッセージを一言」

ちょっと小さく笑ってグラウンド中に視線を向けた環へ、生徒たちの中から悲鳴じみた歓声が上がる。なんだかアイドルのコンサートのような盛り上がりだ。

「僕の、ルース＝アーロン・ペアの誕生日を持つ大切な人へ」

いつもの、聞き慣れた甘い声にドキリとして心梨が瞳を見開いた瞬間。

「お誕生日おめでとう」

真っ直ぐ前を向いていたはずの視線が、いつの間にか自分だけを捉えていたことを知る。

そして学園始まって以来の神童と謳われた男は、にっこりと微笑むと。

「いつまでも、僕だけの素敵なダーリンでいてね」

その左手の指輪へ唇付《くちづ》けながら、マイク越しに愛を囁いてくれた。


逃げるように駆け出した、愛しい人の背中を追って壇上を飛び降りた新任の副理事は、その五分後には数学準備室で素敵な問題に悩まされていた。

「も、もうダメだ…っ、今度こそ本当の本当にクビになっちゃうんだ…っ」

思い詰めた表情で涙を滲ませている、可愛いダーリンをどうやって宥めてあげようかという素敵な悩みである。

「アッ！　ま、まさかおまえ金持ちの道楽で俺に壮大《そうだい》なドッキリをっ？」

その突飛《とっぴ》な妄想《もうそう》も大変可愛らしくて素敵なのだけれど、だからといってここで微笑って しまうわけにはいかない。

「ちょっと先生、僕の愛情まで疑うと容赦《ようしゃ》しませんよ？」

全校生徒の前で堂々とダーリンへ愛を告白した男としては、たとえどんなに微笑ましい気分になろうとも、ここは真剣な態度で押し通すしかないのだ。

「だって、おまえがこんな金持ちだったなんて聞いてない、………環の嘘吐き」

お金を持っていなかったことを詰られる男はいても、持っていたことを責められる男は滅多《めった》にいないだろう。

「そりゃ、ちょっとは育ちがいいなとか思ったけど……俺、知らなかったのに」

環はそんな滅多にいない男の幸せを一週間前の、あの日から満喫《まんきつ》していた。

「当たり前だよ、僕のダーリンはお金目当ての詐欺師じゃないんだから」

純粋な愛情だけで選んで貰えたことを、全身で実感できるという目も眩《くら》むほどの幸せだ。

「ほら、妻の実家が資産家で…っていうパターンの人がよくいるでしょ？」

だから環は、できるだけなんでもないように言って軽く受け流してしまうことにする。

そうでないとマフィアの息子だとかコルシカ島だとか、想像もつかないダーリンの可愛い妄想が突っ走ってしまいそうだからだ。

「でも僕は実家を盾《たて》に先生をコキ使ったり、馬鹿にしたりなんかしない」

ちゃんと亭主関白なダーリンに健気に尽くしますと誓う環は、その我が儘でダーリンを振り回しまくっている自分を都合よく忘れていた。

「だから安心して、そのままの可愛いダーリンでいてね」

こうして、大切な人をギュッと腕の中に抱きしめていられる瞬間が環を幸福にする。夢や勇気で胸がいっぱいになって、どんなことでも叶えられるような最強の無敵感が自分の身体を包むのがわかるのだ。

「お、俺の給料だけで我慢しろって言ったら、………本当は嫌になるだろ」

心梨の言う不安や心配が、環の愛情を揺るがすことなんて絶対にありえない。

「嫌になんてなるわけがないよ、心梨さんが稼いでくれた大切なお金なんだから」

だから、それを打ち消してしまうために環はとっておきの笑顔で微笑って見せるのだ。大丈夫だと、安心させるような綺麗な笑顔で。

「環、………もし俺が失業しても、貧乏暮らしに耐えてくれるか？」

それでも心梨があんまり不安そうに見つめるから、環は無敵の愛情を注ぐことにする。

「先生が望むなら、一日百円で暮らす健気な主婦にだってなれるよ」

冷蔵庫のドアを素早く開け閉めしたりしてね、なんて可笑しそうに微笑った環に心梨は
ようやくホッとした表情をしてくれた。

「お、俺も節約グッズ発明したりするからなっ」

任せとけ、なんて急に胸を張る心梨にも上手く無敵感は注入できたのだろうか。

「頼もしいね、さすが僕の自慢のダーリンだよ」

やっぱり結婚するなら理系のダーリンだよね、なんて言うだけで心梨の表情にパァッと
笑顔が広がっていく。

「環、わからないことがあれば何でも尋きなさい」

急に偉そうな口調になる心梨が可笑しくて、はい、なんて神妙に頷くはずだった環まで
微笑ってしまう。

「と、とりあえず環は黙って俺についてくればいいから」

偉そうに言う心梨は、見ているだけで嬉しくなってしまうような笑顔だ。

「はい、でも心梨さんもたまには僕に頼ってね」

だから神妙な表情をして、わざと心梨を喜ばせるようなことを言ってみる。

「でも環に頼るようなことなんて俺にはないからなぁ」

困ったなぁ、なんて言いながら途端にクシャクシャに緩んでしまう心梨の頬が可愛くてたまらない。そんなところが、どんどん環を夢中にさせていくのかもしれない。

「じゃあ憎らしいゴキブリが出た時だけでもいいから、ね？」

微笑ってしまいそうになる唇を抑えて、殊更にしおらしく上目遣いでお願いしてみる。

「そ、その時には環を呼んじゃうかもなっ」

そうしたら明らかに狼狽えた表情で、心梨はサッと視線を逸らした。

「かもじゃなくて大声で叫ぶくせに」

意地っ張りなダーリンが愛しくて、可愛くて、どうしてこんなに好きなのか、自分でもわからなくなるくらいだけれど。

「それと、心梨さんの環は文章力もあるからいつでも頼ってね」

なんでもしてあげたいと思う純粋な気持ちと同じくらい、激しい嫉妬がやまないのが環の目下《もっか》の悩みだ。

「二度と深草なんかに頼ろうと思っちゃダメだよ？」

ちょっと怖い表情で睨んでしまうのは環の大切な人が酷く鈍感で純情な上に、少しだけ隙だらけに見えてしまうからだ。

「ウッ、………そ、それも頼むかもなっ」

うっかりしていたら、まんまと誰に横取りされても不思議ではないと環は思う。

「かもじゃなくて、絶対に！」

自分以外の人間に頼ったり甘えたりしたら、ベッドに監禁《かんきん》してやると耳元で凄んだ環に心梨はコクコクと頷いた。

桜大路環は一度やると言ったら、必ずやり遂げる男だと身をもって知っているからだ。

「もし約束破ったりしたら、先生がくれた愛のラブレター」

渡り廊下の中央掲示板に張り出しちゃうからね、なんて心梨を怖がらせすぎないようにとっておきの甘い声で囁く。

「だったら、……おまえも約束しろよ」

そうしたら環の大好きな人は、ちょっと恥ずかしそうに俯いて。それから、何度も迷うみたいに視線をチラチラと彷徨わせたあと。

「浮気、したら——ベッドに監禁しちゃうからな？」

羞恥に潤んだ瞳で、魅惑《みわく》の罰を告げてくれた。

「その罰、魅力的すぎて迷っちゃいそう……」

思わずクラリとするような甘すぎる罰に、それが目的で罪を犯してしまいそうな危険な誘惑に駆られそうになるけれど。

「環っ！」

潤んだ瞳で睨んでくれる、その人が。本当はとてもヤキモチ焼きだと知っているから、そんな誘惑に環が流される日は決して来ないのだ。

「心梨さんは時々、すごくバカになるね」

わかっているのに、それを忘れて心梨が不安になってしまう理由を環は知っている。

「こんなに好きで、大好きで――もう、どうしようもないのに」

環だって、そんなわけがないとちゃんと頭ではわかっているのに、ありもしない浮気を疑って心梨を泣かせてしまうからだ。

好きだという、純粋な気持ち。嫉妬しなくなったら、きっと恋ではなくなるのだろう。

「環………」

恋でなくなった先に、どんな結末が待っているのかなんて環は知らない。一瞬ごとに、心梨に恋をする自分を知っているからだ。

ウェーバーの描く放物線が、永遠に上昇し続けるように。

「心梨さんに夢中な僕が浮気すると思うなんて、どうかしてるよ」

きっと、この恋は永遠に終わらないのだろうと思った。

「ヤキモチを焼くのは、僕だけの役目なんだよ？」

悪戯っぽく囁いて、何から話そうと考える仕種で心梨の華奢な肩を抱き寄せてしまう。

それから、そっとダンスへ誘う王子様みたいに心梨の手を取る。そうして環は何も着けていない左手の薬指に、誓いのようなキスをした。

「…………環？」

驚きに見開かれる瞳に、ゆっくりと微笑みを返して心梨を見つめる。

「僕と結婚していただけますか？」

とっておきの素敵な笑顔で告げると、環はプラチナの指輪を大切な人の薬指へスルリと通してしまった。

「一回目のプロポーズなのに、頷いてくれないの？」

嵌めたばかりの、プラチナのリングの上からキスをする。

「先生がくれたのとお揃いのリング、買うのに四ヵ月も掛かっちゃった」

その内側に刻まれているのは、ルース＝アーロン・ペアの誕生日を持つ二人にしか意味を持たない素因数が綴《つづ》られた素敵な数式だ。

「アルバイト頑張りすぎて、先生のお弁当が作れない時は焦ったよ」

心梨は自分と環の左手を見比べて、まだ信じられないような表情をしている。

「環これ、自分で……？」

ハッとしたように顔を上げる瞳が、潤んでいることさえ酷く誇らしい。

「早朝のシフトだけ、宅配便の仕分けなんか頑張っちゃいました」

偉いでしょう、なんて冗談めかす環は、指輪を買うために楽なバイトは選ばなかった。心梨が眠っている深夜に近いような早朝の時間帯にだけ、重い段ボール箱をトラックごとに仕分けていく重労働を選んだのだ。

「時給はよかったんだけど、さすがに短時間しか無理だったから」

親から貰った小遣いや楽なアルバイトで稼いだような金で、大切なエターナルリングを買いたくなかったからだ。

「こんなに遅くなって、ごめんね」

毎日、少しずつコツコツ働いたのは初めての経験だったけれど、大切な夢を叶えるためだから少しも辛くはなかった。

それが心梨の指に輝く瞬間を夢見る、とても素敵な時間だったからだ。

「環…っ、……ありがと、絶対に大事にする」

ギュッと左手ごとリングを握りしめる仕種に、まるで報酬《ほうしゅう》のような幸せが込み上げる。

「先生の綺麗な指に、いつまで経ってもこれがないから」

贈られた指輪ばかり見ている心梨が、誇らしいくらい愛しくてたまらない。

「何もない薬指を見るたびに、本当は不安で死んじゃいそうだった」

その瞳が、指輪に奪われていることにさえ嫉妬してしまいそうだ。

「環……」

恋に絶対の安心なんてあるわけがないから、きっとこれからも環は心梨の些細な言動にらしくもなく落ち込んだり、見当外れの嫉妬に身を焦がしたりするのだろう。

「これからは、少しだけ安心が増えるね」

けれど今だけは、確かに心梨と結ばれている安心感に手放しで喜んで、幸せな気持ちに際限なく酔ってしまってもいいような気がした。

「先生、僕の初恋の人の話を聞いてくれる……？」

抱きしめた腕の中、身じろぐ体温にうっとりと目を閉じてしまいながら囁く。

「ダメだよ、ヤキモチ焼かないでちゃんと聞いてくれなくちゃ」

そうして環は山手線で見つけた初恋の話をするために、そっと声を落とした。

「あのね……」

囁く吐息に続くのは幸せな――運命の恋の、お話。

Happy End

■あとがき■

はじめまして、こんにちは。そしてラピス文庫さんではとてもお久しぶりになります、全日本カワイ子ちゃん攻振興委員会、勝手に代表代行気分の竹内照菜《たけうちてるな》です。このたびは手に取ってくださってありがとうございます。少しでも気に入っていただければ、それに勝ることはありません。よろしければ、お読みになった感想などお聞かせください。心温まるお手紙を、心よりお待ちしております。

この本は今からちょうど四年前に同じラピス文庫さんから発行された『眠れる数学教室の受難』という本の続編に当たります。似たようなタイトルで、もし混同してしまった方がいらっしゃいましたら、本当に申し訳ありません。この機会に本棚から引っ張り出して読んでみていただけると嬉しいです。懐《なつ》かしい気分になること、請け合いです（笑）。

前回は高校生だった環《たまき》ちゃんと心梨《しんり》先生ですが、今回は無事に卒業式を迎えてめでたく新婚生活編となりました。これは同人誌として発行していたものを文庫用に全面改訂したものなのですが、こうして改めて読み直してみるとあまりの甘さとラブラブぶりに自分でも悲鳴を上げて倒れそうになりました（笑）。この甘さに慣れるためにも、ぜひ前編となる『眠れる数学教室の受難』をご一読ください。お誕生日のエピソードなどが、なるほどとわかっていただけると思います。ここで補足《ほそく》させていただくと、二人のお誕生日は、心梨先生が七月十四日で環ちゃんが七月十五日。714と715は連続している数なのですが、その素因数《そいんすう》を足した数が同じなのです。これをベイブ・ルースとハンク・アーロンというメジャーリーグの偉大な選手のホームランの数にかけて、ルース＝アーロン・ペアと数学ではいうのですね。今回、このエピソードをお話の中で説明できなかったのですが、もし興味のある方がいらっしゃいましたら、この本を読む前に改めて受難のほうを読み直していただけると嬉しいです。

お話の中で何度も意味ありげに登場して、いつも謎のまま去っていく深草《ふかくさ》先生ですが、とても書きやすい人で密《ひそ》かに気に入っています。先生が詠《よ》む和歌も最初のうちは真面目に考えていたのですが、途中からどんどん進化して前衛《ぜんえい》和歌になってしまいました。既成《きせい》の概念《がいねん》に囚《とら》われない深草先生、ある意味とても自由な平安人かもしれません。この傍若無人《ぼうじゃくぶじん》な平安パワーを活《い》かして松浦《まつうら》先生を立派な平安人に仕込み、学園の誇《ほこ》る最強コンビとして文化祭の舞台を踏んで欲しいです。なんてね（笑）。

亭主関白でダーリンな心梨先生は、ちゃんと環ちゃんのことを「養ってやらなくちゃ」と思っていて、私的にとても結婚したいタイプの素直な人です。勝手に仕事をやめようとしたり、いろいろと問題はあるのだけど、健気《けなげ》に「俺がどうにかしなくちゃ！」と思い詰めているあたりが、とっても養ってあげたい気分にさせますね（笑）。その純情な心意気が可愛いというか。一生懸命に環ちゃんの前でだけでも男らしくあろうとするところなんて、素敵だと思います。なんだか微笑《ほほえ》ましいですよね。

心梨先生とは反対に、可愛いハニーで勝手に奥様気分の環ちゃんは一緒にいると本気で一日中ベッタリくっつかれてしまいそうで、とっても鬱陶《うっとう》しそうですよね（笑）。カワイ子ちゃんのふりをしつつ、実際にはとてつもなく我が儘《まま》全開なハニーだし（笑）。書いている途中で、このままでは心梨先生、うっかり環ちゃんにヤリ殺されてしまうのでは……と心配になりました。どうにか愛の力で無事に?生きていますが。ちょっと心配かも（笑）。けれどこのまま、ハッピーエンドの先の先のその先まで、環ちゃんと心梨先生には二人で幸せに暮らしていって欲しいです。時々、ちょっとヤキモチを焼いたり小さな喧嘩なんかしながら。それでもやっぱり一緒にいて、ちゃんと仲直りして、そんなふうにずっと続く幸せな毎日というのが理想なのかもしれません。

今、改めて数学教室を読み直すと、どうして私はこんなに数学の本ばかり読んでいたのだろう、と自分でも首を傾げます。何年かに一度、数学や物理にハマってしまうのですがこの時は自分的に数学ブームが絶頂だったんだと思います、きっと。元々、国語や古典というものが大嫌いで、小説も教科書に載っている分以外は高校生になるまで読んだことがなかったと言っていいくらいなのですが、なぜか今ではこんな仕事をしています。小説を読むのも楽しくなったし。活字中毒に近いくらいの時もあります。こうして考えてみると人間というのは、とても不思議なものですね。嫌いだったものを好きになったり、ずっと苦手だと思っていた人を、いつの間にか好きになっていたりする。少しずつ、嫌いなものや人が少なくなっていくのが大人になるということなのかもしれません。心の許容範囲が広くなっていくというか。昔は絶対に許せなかったことが、今は許せるということが多いような気がします。だからもっとちゃんと大人になって、優しい人になりたい。それが、幸せになれる一番素敵な方法なのだと思います。なんとなく、そう思うだけなのだけれど。

そんなわけで、どうしてるのと尋かれることも多いのですが、毎日ぼんやりとのんびり平和に過ごしています。書くのが遅くて、自分でもどう言えばいいのかわからないようなことにばかり躓《つまず》いていて、本当に嫌になることも多いのですが、読んでくださった方々に少しでも幸せな気分になっていただければ、それだけで充分に幸せです。ウキウキとした、そんな素敵な気持ちで読み終えてくださいますように。

ここまで読んでくださって、本当にありがとうございました。これからも今までどおりゆっくりとしたペースになりますが、私なりに少しずつ頑張って参りますので温かい心で見守っていただければ嬉しいです。私信ですが環ちゃんと心梨先生の名前を考えてくれたかねちゃん、本当にありがとう。かねちゃんのお陰で、とっても可愛いお話になったよ。

最後になりましたが、桃《もも》季《き》先生、今回も素敵な環ちゃんと心梨先生を描いてくださって本当にありがとうございました。まだ拝見していませんが、楽しみにしています。

今年も素敵な秋になりますように。

竹内照菜

LAPIS

眠《ねむ》れる数学教室《すうがくきょうしつ》の誘惑《ゆうわく》

この作品を読んでのご意見・ご感想をお待ちしております。
竹内照菜先生には、下記の住所にて、
「プランタン出版ラピス文庫　竹内照菜先生係」まで
桃季さえ先生には、下記の住所にて、
「プランタン出版ラピス文庫　桃季さえ先生係」まで

著　者――竹内照菜（たけうち　てるな）
挿　画――桃季さえ（ももき　さえ）
発　行――プランタン出版
発　売――フランス書院
東京都文京区後楽1-4-14　〒112-0004
電話(代表)03-3818-2681
(編集)03-3818-3118
振替　00180-1-66771
印　刷――誠宏印刷
製　本――小泉製本

ISBN4-8296-5375-2　C0193

URL=http://www.printemps.co.jp

LAPIS-LABEL

竹内照菜

キスから、はじまる

イラスト／高橋ゆう

義母との仲がしっくりいかない二階堂司《にかいどうつかさ》は隣の家の幼なじみ・中川拓也《なかがわたくや》の部屋を逃げ場にしては、強引に泊まり込んでいる。そんな司に恋愛感情を抱いていることに気づいてしまった拓也は煩悶の日々を送り、司との距離をあけようとしていた。二人の微妙な関係はかつての幼なじみ・原田秀一《はらだしゅういち》との再会により揺らぎはじめるが──。

ラピスレーベル

LAPIS-LABEL

竹内照菜

恋に落ちたら火事場でキスをしろ

イラスト／青樹　總

南伊織《みなみいおり》、二十四歳。仕事熱心な若き消防士長は幼なじみの歯科医・北白川峰丈《きたしらかわほうじょう》を幼稚園の頃､「女みたい」と揶揄《から》かったのがきっかけで、復讐《ふくしゅう》を誓われてしまう。復讐だと騒ぎながらなぜか伊織に尽くしつづける不可解な峰丈に疲労を感じる伊織だが、転機はある日突然訪れる。仕事帰りに挫折をした伊織は峰丈のクリニックに拉致《らち》入院させられてしまった――!?

ラピスレーベル